KB039887

예언자

예언자(포켓북시리즈)

초판 1쇄 발행 2019년 9월 11일
초판 2쇄 발행 2021년 9월 10일

지은이 칼릴 지브란
옮긴이 김민준
펴낸이 남기성

펴낸곳 주식회사 자화상
인쇄,제작 데이타링크
출판사등록 신고번호 제 2016-000312호
주소 서울특별시 마포구 월드컵로 400, 2층 201호
대표전화 (070) 7555-9653
이메일 sung0278@naver.com

ISBN 979-11-90298-03-2 00840

이 도서의 국립중앙도서관 출판예정도서목록(CIP)은 서지정보유통지
원시스템 홈페이지(http://seoji.nl.go.kr)와 국가자료종합목록시스템
(http://www.nl.go.kr/kolisnet)에서 이용하실 수 있습니다.
(CIP제어번호 : CIP2019033604)

예언자

칼릴 지브란 지음

차례

1 배가 오다……6

2 사랑에 대하여……16

3 결혼에 대하여……22

4 아이들에 대하여……26

5 나눔에 대하여……30

6 먹고 마심에 대하여……36

7 일에 대하여……40

8 기쁨과 슬픔에 대하여……46

9 집에 대하여……50

10 옷에 대하여……56

11 사고파는 것에 대하여……60

12 죄와 벌에 대하여……64

13 법에 대하여……72

14 자유에 대하여……78

15 이성과 열정에 대하여……84

16 고통에 대하여 ·········· 88

17 자아를 아는 것에 대하여 ········· 92

18 가르치는 것에 대하여 ········· 96

19 우정에 대하여 ········· 100

20 말하는 것에 대하여 ········· 104

21 시간에 대하여 ········· 108

22 선과 악에 대하여 ········· 112

23 기도에 대하여 ········· 118

24 즐거움에 대하여 ········· 124

25 아름다움에 대하여 ········· 130

26 종교에 대하여 ········· 136

27 죽음에 대하여 ········· 140

28 작별 ········· 144

작품 해설 ········· 163

작가 연보 ········· 169

1

배가 오다

알무스타파, 신의 선택을 입은 자이며 신의 사랑을 받은 자. 시대의 새벽을 알리던 그는 12년 동안 오팔리즈에 머물며, 자신을 고향 섬으로 데려다줄 배를 기다리고 있었다.

　어느덧 12년이 지나고 수확의 달 이엘룰의 초이렛날이 다가오자, 그는 도시 밖의 언덕으로 올라가 바다를 바라보았다. 드디어 기다리던 배가 안개 속에서 서서히 다가오는 모습이 보였다. 그러자 마음의 문이 활짝 열리고 기쁨은 바다 멀리 훨훨 날아올랐다. 그는 눈을 감고 영혼의 침묵 속에서 간절한 기도를 올렸다. 그러나 언덕을 내려오자 파도처럼 갑작스런 슬픔이 밀려왔다. 그는 깊은 생각에 잠겼다.

　내 어찌 아무런 슬픔도 미련도 없이 이 도시를

편안하게 떠날 수 있단 말인가. 아니다, 영혼에 상처를 입은 채 떠나야 하리라. 이 도시에서 기나긴 날 고통에 몸부림쳤으며 긴긴밤 고독에 사무쳤으니, 그 누가 이 고통과 고독의 세월을 아무렇지도 않은 듯 후회 없이 흘려보낼 수 있겠는가. 거리의 구석구석마다 영혼의 조각들을 흩뿌렸고, 언덕 곳곳을 맨발로 돌아다니며 내 자식 같은 간절한 바람을 무수히 퍼트려 놓았다.

그런데 내 어찌 마음의 짐과 고통 없이 아무렇지도 않게 이들을 떠나겠는가. 오늘 이날은 홀홀 벗어버릴 수 있는 옷이 아니라, 내 손으로 벗겨내야 할 살갗이다. 쉬이 남기고 갈 찰나의 생각이 아니라 허기와 갈증에 젖어 있는 심장과 같은 것이다. 그래도 이제 더 이상은 지체할 수 없다. 만물을 품는 바다가 이제 나를 부르니 배에 오를 수밖에. 시간이 밤새도록 불타오른다 하여도, 머문다는 것은 단단히 얼어 굳어버리는 것이자 틀에 옴짝달싹하지 않고 견고히 갇힌다는 것이리라. 이곳

8

에 남긴 것 모두를 가져가고픈 마음 너무나도 간절하나, 그럴 수는 없다. 목소리와 함께, 그 소리에 날개를 달아주는 혀와 입술까지 데려갈 수는 없는 법. 그저 홀로 하늘 높이 솟구쳐 올라야 하리라.

독수리가 태양 저편으로 가기 위해서는 둥지를 버리고 날아올라야 하듯이, 언덕 기슭에 이르렀을 때 그는 다시 또 한 번 바다 쪽을 보았다. 배가 항구로 들어오는 모습이 서서히 보이고 뱃머리에는 고향에서 온 선원들이 서 있었다. 그러자 그의 영혼은 선원들을 향해 외쳤다.

"아득한 옛날부터 내 어머니의 아들들이자 거센 물결을 타고 온 사람들이여. 그대들이 내 꿈속에 몇 번이나 찾아왔던가. 이제 나는 정말 갈 준비가 되었으니 기꺼이 활짝 돛을 펼치고 바람을 기다려라. 이 고요한 공기 속에서 한 번 더 숨을 들이마시고, 등 뒤로는 한 번이라도 더 사랑스런 눈길을 보내려 하네.

그리고 이제는 그대들, 뱃사람들 속으로 섞여들려 하네. 그리고 그대, 잠들지 않는 어머니여. 강물과 시냇물의 유일한 안식처이자 영원한 자유인, 광대한 바다여. 이 시냇물이 한 번 더 굽이쳐 흐르고 숲속에서 한 번 더 속삭이면, 나는 끝없는 바다의 세월없는 물방울이 되어 그대에게로 갈 것이다."

그가 배 쪽으로 걸어가자 저 멀리 들판과 포도밭에서 일하던 사람들이 일손을 멈추고 성문으로 서둘러 가는 모습이 보였다. 그의 이름을 부르며 배가 당도했다는 소식을 들판에 널리 알리는 소리도 들려왔다.

그는 중얼거렸다.

"이별의 날이 만남의 날이 되어야 하는가. 내 마지막 날의 저녁은 정녕 새날의 새벽이라고 말할 수 있을 것인가. 밭고랑에 쟁기를 내버리고 온 이에게,

포도 짜는 일을 멈추고 온 이에게 나는 무엇을 줄 것인가. 내 가슴이 주렁주렁 열매가 달린 나무가 되어 그 열매를 나누어줄 수 있을까. 내 소망이 샘처럼 흘러넘쳐 이들의 빈 곳을 채워줄 수 있을까. 과연 내가 전지전능하신 분의 손길이 닿은 하프이자, 그분의 숨결이 스치는 피리가 될 수 있을까.

침묵의 탐구자로서, 침묵 속에서 과연 어떤 보물을 찾아내어 자신 있게 내놓을 수 있겠는가. 오늘이 수확의 날이라면 나는 어느 지나간 계절, 어느 들판에 씨앗을 심었단 말인가. 진정 지금이 나의 등불을 높이 들 시간이라면, 그 속에 타는 것은 나의 불꽃이 아니다. 내가 든 등불은 낮고 공허하여 아직 흐리니, 밤의 수호자가 그 안에 기름을 가득 채우고 불을 켜야만 하네."

그는 이 말들을 입 밖으로 겨우 내뱉었으나, 아직 가슴속에는 하지 못한 말이 더 많았다. 아주 깊은 곳에 숨겨 놓은 비밀은 자기 스스로의 힘으로는 말할 수 없었기 때문이다. 그가 도시 안으로 들어가자 모든 이가 그에게로 와서 한목소리로 외쳤다.

도시의 원로들도 앞으로 나와 말했다.

"아직 우리를 떠나지 마십시오. 그대는 우리의 황혼 속에서 한낮의 빛이었으며, 그대의 젊음은 우리를 꿈꾸게 했습니다. 그대는 우리에게 낯선 이도, 어색한 손님도 아니며 우리의 아들이자 우리가 깊이 사랑하는 분입니다. 그러니 아직은 우리 두 눈이 그대의 얼굴을 그리다 멀게 하지 마시기를 바랍니다."

그러자 남녀 사제들도 그에게 매달리다시피 하며 간청했다.

"저 바다의 물결이 우리를 갈라놓지 않았으면 합니다. 우리와 함께한 세월이 옛 추억이 되지 않았으면 합니다. 그대는 우리에게 영혼의 존재로 다가왔고, 그대의 그림자는 우리 얼굴에 비치는 빛이었습니다. 우리는 그대를 몹시 사랑했으나 우리의 사랑은 말로 표현하지 못한 사랑이자 장막에 가려진 사랑이었습니다. 그 사랑이 이제야 그대를 부르짖고, 그대 앞에 모습을 겨우겨우 드러내려고 합니다. 무릇 사랑이란 이별의 순간이 올 때까지 그 깊이를 알지 못하는 법입니다."

다른 사람들도 나와 애걸복걸했지만 그는 아무 답도 하지 않았다. 그저 고개를 숙이고 있을 뿐이었다. 그러나 곁에 있던 이들은 그의 가슴에 눈물이 떨어지는 모습을 보았다. 그리고 그는 천천히 사람들과 함께 사원 앞에 있는 드넓은 광장으로 나아갔다. 그때 한 여인이 사원에서 걸어 나왔다.

알미트라, 그녀는 선지자였다. 그가 도시에 당도한 첫날에 그를 가장 먼저 찾고 믿어준 여인이었기에, 그는 더없이 다정한 눈길로 그녀를 바라보았다. 그녀는 그에게 말했다.

"신의 예언자시여, 그대는 기나긴 날날, 배를 찾

아 먼 거리를 헤매었습니다. 이제 배가 왔으니 진정 떠나야겠지요. 기억 속의 나라와 간절한 소망이 살아 있는 고향 집을 그대는 사무치게 그리워했습니다. 그러니 우리의 사랑으로는 가고자 하는 그대를 막지 못할 것이며, 우리의 소망으로도 그대를 붙잡아둘 수 없을 것입니다. 허나 이것만은 그대가 떠나시기 전에 한사코 간청합니다. 그대의 진리를 우리에게 전해주십시오.

우리는 그 진리를 아이들에게 얘기하고 그 아이들은 다음 세대 아이들에게 전할 것이니, 그대의 말씀은 영원히 사라지지 않을 것입니다. 그대는 홀로 우리가 보낸 나날을 지켜보았습니다. 그대의 눈은 우리가 잠 속에서 지은 눈물을 보았고, 그대의 귀는 우리의 희미한 웃음을 들었습니다. 그러니 이제 우리의 본모습을 찾아 드러내주십시오. 삶과 죽음 사이에서 그대가 보았던 모든 것을 알려주십시오."

이에 그가 대답했다.

"오팔리즈 시민들이여, 내가 무슨 말을 전할 수 있겠습니까. 그저 지금 그대들의 영혼 속에 살아 움직이는 것을 말할 수 있을 뿐입니다."

그러자 알미트라는 사랑에 대하여 물었다.

"사랑에 대하여 말씀해주십시오."

2

사랑에
대하여

"사랑에 대하여 말씀해주십시오."
알미트라는 사랑에 대하여 물었다.

그가 고개를 들어 시민들을 바라보자 정적이 흘렀다. 잠시 후 그가 힘찬 목소리로 말했다.

"사랑이 그대들에게 손짓하거든 따르십시오. 그 길이 가파르고 험난하다 하여도. 사랑의 날개가 일렁이거든 몸을 내맡기십시오. 날갯깃 속에 숨겨진 날카로움이 그대들을 상처 입힌다 하여도, 사랑이 그대들에게 말을 건다면 그를 믿으십시오. 거센 북풍이 정원을 휩쓸어버린다 하여도, 그 목소리가 그대들의 꿈을 갈기갈기 찢는다 하여도 사랑을 믿으십시오.

사랑은 왕관을 씌우기도 하지만 십자가를 지우

기도 합니다. 사랑은 성장시키기도 하지만 무너뜨리기도 합니다. 사랑은 그대들의 머리 위에서 태양이 되어 떨고 있는 여린 가지를 어루만져주기도 하지만 그대들의 뿌리로 파고들어 땅속의 뿌리들을 흔들어 놓기도 합니다.

사랑은 곡식 단처럼 그대들을 거두어들일 것이요, 사랑은 그대들을 타작하여 진솔한 맨몸으로 만들 것이요, 사랑은 그대들을 체로 걸러 껍질을 털어낼 것이요, 사랑은 그대들을 빻아 가루로 만들 것이요, 사랑은 그대들을 부드러워질 때까지 치댈 것입니다. 그러고는 그대들을 신성한 열림으로 사로잡아, 신의 거룩한 만찬에 성스러운 빵으로 내놓을 것입니다. 사랑은 이 모든 일을 행하여 그대 속에 있는 비밀을 일깨울 것이며, 그 깨달음은 그대들의 삶에 한 조각의 심장이 될 것입니다.

허나 그대들이 두려움만으로 사랑의 평화와 기쁨만을 좇는다면, 차라리 알몸을 가리고 요동치는 사랑의 마당을 지나가는 편이 나을 것입니다. 그리고 계절 없는 세상으로 가서 웃어도 온몸으로 웃지 못하며, 울어도 온 마음으로 울지 못할 것입니다.

사랑은 저 자신 외에는 아무것도 주지 않으며, 사랑은 저 자신 외에는 아무것도 취하지 않습니다. 사랑은 소유하지 않으며 소유되지도 않습니다. 사랑은 다만 사랑으로 충분하기 때문입니다.

그대들이 사랑에 빠진다면 "신이 내 마음속에 계신다."하지 말고, "내가 신의 마음속에 있다."라고 말하십시오. 또 그대들 스스로가 사랑이 갈 길을 인도할 수 있다고 생각하지 마십시오. 사랑이 그대들을 가치 있게 여긴다면 저절로 그대들의 길을 인도해줄 것입니다.

사랑은 그 어떤 소망도 없이 자신을 채우려 할 뿐이지요. 다만 그대들이 사랑에 빠져 간절한 마음을 품을 수밖에 없다면, 다음의 것들을 소망하십시오.

녹아내려 밤새도록 노래하며 흐르는 시냇물이 되기를. 넘치는 다정함으로 인한 고통을 알게 되기를. 스스로 알게 된 사랑으로 상처받고, 즐거운 마음으로 기꺼이 피 흘리기를. 날개 달린 마음으로 새벽에 일어나, 사랑할 날이 하루 더 있음에 감사하기를. 한낮에 휴식을 취하며 사랑의 황홀함을 되새기기를. 저녁에는 감사하는 마음으로 집에 돌아오기를. 그리고 마음속으로 진심을 다하여 사랑하는 이를 위해 기도하기를. 그대들의 입술로 찬미의 노래를 부르며 잠이 들기를."

3

결혼에
대하여

알미트라가 다시 물었다.

"그러면 스승이시여, 결혼이란 무엇입니까."

그가 대답했다.

"그대들 부부는 평생을 함께 보낼 것입니다. 새
하얀 죽음의 날개가 그대들의 세월을 흩어지게 할
때까지 함께할 것입니다. 아아, 그대들은 신의 고
요한 기억 속에서도 함께할 것입니다.

그러나 함께하는 순간에도 서로 거리를 지켜주
어, 하늘의 바람이 그대 부부 사이에서 춤추게 하
십시오. 서로가 서로를 끊임없이 사랑하십시오. 그
러나 사랑의 서약에 사로잡히거나 그것을 맹신하
지 마십시오. 바다가 그대들 영혼의 해안 사이에
서 물보라를 일으키며 물결치게 하십시오. 서로의
잔을 가득 채우되 한 잔으로 같이 마시지는 마십

23

시오. 서로에게 자신의 빵을 아낌없이 주되 한 덩어리를 같이 먹지는 마십시오. 함께 노래하고 춤추며 기뻐하되 서로에게 혼자만의 시간을 갖게 하십시오.

마치 여섯 줄의 기타줄이 하나의 음악에 함께 울릴지라도, 각기 떨어져 있는 것처럼 상대에게 마음을 주되 서로의 마음을 가지려 하지 마십시오. 생명의 손길만이 그대들의 마음을 소유할 수 있습니다. 그러니 함께 서 있되 너무 가까이 서 있지는 마십시오. 사원의 기둥이 간격을 두고 떨어져 있듯이, 참나무와 사이프러스 나무도 서로의 그늘 아래에서는 자라지 못하는 법입니다."

4

아이들에
대하여

이번에는 아이를 품에 안은 여인
이 말했다.

"아이들에 대하여 말씀해주십시오."

그가 대답했다.

"그대들의 아이들은 그대들의 것이 아닙니다.
아이들은 스스로 삶을 갈구하는 생명의 아들이자
생명의 딸입니다. 아이들은 그대들을 거쳐서 왔으
나 그대들에게서 나온 것은 아니며, 비록 그대들
과 함께 지낸다 하여도 그대들의 소유물이 될 수
는 없습니다.

아이들에게 그대들의 사랑을 주되 그대들의 생
각까지는 강요하지는 마십시오. 아이들 스스로도
충분히 생각할 줄 알기 때문입니다. 아이들의 몸
이 머물 집을 주되 영혼이 머물 집을 주려고 애쓰

지 마십시오. 아이들의 영혼은 그대들이 꿈에서라도 감히 찾을 수 없는 '내일의 집'에 살기 때문입니다. 아이들과 닮아가려 애쓰되 아이들에게 그대들을 닮으라고 강요하지 마십시오.

삶이란 뒤로 돌아가는 것도, 어제와 함께 머무르는 것도 아니기 때문입니다. 그대들은 활이며, 아이들은 그 활의 활시위에서 쏘아져 나아갈 화살입니다. 궁수이신 그분은 무한히 펼쳐진 길에서 과녁을 겨누십니다. 그리고 전능하신 힘으로 그대들을 당겨 화살이 저 멀리 빠르게 날아가도록 하십니다.

그러니 그분의 손에 당겨지는 것을 기뻐하십시오. 그분이 날아가는 화살을 사랑하듯 튼튼한 활도 사랑하실 것입니다."

5

나눔에
대하여

이번에는 부유한 자가 말했다.

"나누어 준다는 것에 대하여 말씀해주십시오."

그가 대답했다.

"그대들이 가진 물건을 나누어준다면 그것은 주는 것이 아닙니다. 진실로 그대들 자신을 내어줄 때 진정으로 주는 것입니다. 그대들이 가진 물건이란, 내일 필요할까 봐 염려하는 마음에 그저 안달 나 붙들어 지키고 있는 것이 아닙니까.

또 그대들에게 내일이란 도대체 무엇입니까. 지나치게 조심성 많은 개가 성지로 가는 순례자를 쫓아가다 발자국 없는 모래 속에 뼈다귀를 묻어버린다면, 그 개에게 내일이 정녕 무슨 의미가 있겠습니까.

욕망이 채워지지 않을까 봐 두려워한다는 것은

무엇입니까. 욕망 그 자체가 두려움인 것이 아닐까요. 그대들의 우물이 가득 차 있음에도 불구하고 목마름을 겁낸다면, 그 목마름은 결코 풀 수 없는 숙제인 것입니다.

많이 가지고 있으면서도 조금만 주는 자들이 있습니다. 이들은 인정받고 싶은 마음에 나누어주는 것뿐입니다. 그 숨은 욕심은 건네준 선물마저 불결하게 만들어버리고 마는 것입니다.

반면에 가진 것은 극히 적으나 전부를 내주는 자들이 있습니다. 이들은 삶을 늘 긍정하고 삶의 풍요로움을 믿습니다. 그러니 이들의 샘은 절대 마르지 않을 것입니다. 기쁜 마음으로 주는 자들도 있습니다. 이들은 주는 기쁨을 상으로 압니다. 배 아파하며 억지로 주는 자들도 있습니다. 이들은 주는 아픔을 고달픈 세례로 여깁니다.

베풀며 배 아파하지도 않고, 주는 기쁨을 찾지도 않으며, 덕을 행하는 것에 관심조차 두지 않는 자들이 있습니다. 이들은 저 골짜기에서 은은한 향기를 내뿜는 상록수와 같습니다. 바로 이런 이들의 손을 통해 신께서 이 땅에 말씀하시고, 이런 이들의 눈을 통해 신께서 이 땅을 향해 미소 지으십니다.

남이 부탁할 때 주는 것은 좋은 일입니다. 허나 남이 부탁하지 않는데도 속마음을 읽어주는 것은 더욱 좋은 일입니다. 아낌없이 주는 사람은 베푸는 일보다 도움받을 사람을 찾는 일에 더 큰 기쁨을 발견하는 법입니다. 그대들이 끝까지 움켜쥐고 있을 수 있는 것이 과연 이 세상에 존재할까요. 가진 것은 언젠가는 모두 내주어야 합니다. 그러니 지금 주십시오.

그대들 뒤를 이을 아이들에게 주지 말고, 사계절 내내 아낌없이 주십시오. 흔히 그대들은 "주더라도 가치 있는 이에게만 줄 것이오."라고 말합니다. 허나 과수원의 나무들도, 목장의 양 떼들도 그러지 않습니다. 이들은 붙들고 있는 것이 곧 죽음으로 가는 길임을 알기에 살아 있을 때 베풉니다.

낮과 밤을 누릴 자격이 있는 자라면, 진정 그대들의 전부를 누릴 자격도 있습니다. 생명의 바닷물을 마실 만한 자라면, 그대들의 작은 시냇물로도 충분히 잔을 채울 수 있습니다.

그 어떤 상이 비어 있는 마음에 깃든 용기와 믿음보다, 그 속에 어려 있는 사랑보다 더 달콤하단 말입니까. 정녕 그대들이 누구이기에 남의 가슴을 쥐어뜯고 남의 자존심을 벌거벗기려 하는 것입니까. 그렇게 너덜너덜해진 하찮은 가치를 뻔뻔하게 자랑할 수 있는지 보려고 그러는 건가요. 먼저 그대들 자신이 과연 줄 자격이 있는지, 줄 만한 그릇이 되는지를 되돌아보십시오. 진실로 생명에게 줄 수 있는 존재는 생명 그 자체일 뿐입니다. 그대들 스스로를 주는 자로 여길지라도 그대들은 한낱 목격자에 지나지 않습니다.

받는 사람인 그대여, 그대들은 하나같이 받는 사람들입니다. 그러니 감사의 무게를 가늠하여 스스로에게, 또 주는 자에게 멍에를 짊어지게 하지

34

마십시오. 차라리 받은 선물을 날개 삼아 주는 자와 함께 날아오르십시오. 그대들이 진 빚에 마음을 쓰는 것은, 넉넉한 땅을 어머니로 두고 하늘의 신을 아버지로 둔 사람의 너그러운 마음을 의심하는 것입니다."

6

먹고 마심에
대하여

이번에는 여관을 하는 노인이 말
했다.

"먹고 마심에 대하여 말씀해 주십시오."

그가 대답했다.

"그대들이 흙의 향기로만 생명을 이어갈 수 있
습니까. 식물처럼 빛으로만 숨을 쉴 수 있습니까.
결국 그대들은 먹기 위해 무언가를 죽여야 하고,
갈증을 달래기 위해 갓난 새끼의 어미젖을 빼앗아
야 합니다. 그리하여 그 행위가 예배 의식이 되게
해야 하는 것입니다. 그대들의 식탁을 제단으로
차리고, 숲과 들에서 나오는 맑고 순결한 것들로
채우십시오. 그리고 그대들 안에 자리 잡고 있는
더없이 맑고 순결한 존재를 위해 그것들을 제물로
바치십시오. 짐승을 죽여야 할 때, 마음속으로 이

렇게 말하십시오.

'그대를 죽인 힘이 나 또한 죽일 것이며, 내 생
명을 먹어 치울 것이다. 그대를 내 손안으로 이끈
자연의 섭리가 나 또한 전능하신 분의 손으로 이
끌 것이니, 그대 피와 내 피는 그저 천국의 나무를
키우는 영양분에 불과한 것이다.'

싱그러운 사과를 베어 먹을 때면 마음속으로 이
렇게 속삭여주십시오.

'그대의 씨앗은 내 몸 안에 살아 있을 것이며,
그대의 새싹은 내일 내 가슴속에서 꽃을 피울 것이
다. 그대의 향기는 나의 숨결이 되어, 사계절을
함께 기쁨으로 맞이하리라.'

가을이 되어 포도밭에서 열매를 거두어 달콤한
즙을 낼 때면 이렇게 말하세요.

'나는 포도밭과 같아서, 거두어들인 내 열매도
포도즙이 될 것이다. 그리하여 나 또한 새 포도주
처럼 영원의 잔에 담길 것이니.'

겨울이 되어 포도주를 따를 때면, 한 잔 한 잔이

마음속 노래가 되게 하십시오. 그 노래로 사계절을 추억하고, 익은 포도밭과 포도즙을 내던 기억을 되새기십시오.

7

일에
대하여

이번에는 농사꾼이 말했다.

"일에 대하여 말씀해주십시오."

그가 대답했다.

"그대들은 일을 통해서 땅과 땅의 영혼에 발걸음을 맞출 수 있습니다. 게으름을 피우는 행동은 계절에서 멀어지고 마는 것입니다. 또한 장엄하고도 의미 있는 순종은 즉 무한을 향해 한발 한발 나아가는 삶의 행렬에서 벗어나는 것입니다.

그대들은 일을 할 때, 시간의 속삭임을 음악으로 울려 퍼지게 하는 피리가 될 것입니다. 그대들 모두가 한 목소리로 조화를 이루어 찬가를 부르는데, 누구인들 혼자인 채 벙어리 갈대가 되려 하겠습니까. 그대들은 일이란 저주이며 노동은 불운이라는 말을 언제나 듣습니다. 허나 그대들에게 말하노니, 그대들은 일함으로써 이 땅의 머나먼 꿈의 한 조각을 이룰 것입니다.

그 꿈은 태초에 태어날 때부터 그대들에게 주어진 몫이었으니, 그대들이 진정으로 맡은 바 책임을 다할 때 삶을 진정 사랑하게 되는 것입니다. 더 나아가 일을 통해 삶을 사랑하는 길은 심오한 삶의 비밀에 한 걸음 다가서는 것입니다. 만약 그대들이 괴로운 나머지 태어남을 고난이라 부르고 몸으로 살아가는 일이 이마에 적힌 저주라 부른다면, 나는 이렇게 대답하겠습니다. 이마에 흐르는 땀방울만이 그곳에 적힌 저주를 씻어낼 수 있다고. 그대들은 삶이 어둠이라고 들었으니, 그대들이 지쳐 있을 때 지친 자가 했던 말을 그대로 되풀이할 수밖에 없습니다.

허나 그대들에게 말하노니, 열망이 없는 삶은 진정 어둠에 불과하며, 지식이 없는 모든 욕망은 맹목적인 것입니다. 모든 지식은 노동이 없는 한 헛된 것이며, 모든 노동은 사랑이 없는 한 공허한

42

것입니다. 사랑으로 일할 때 그대들은 스스로를 감싸 안고, 서로가 서로를 감싸 안으며, 신까지 감싸 안을 것입니다.

그렇다면 사랑으로 일한다는 것은 무슨 뜻입니까. 사랑하는 이에게 입힌다는 마음으로, 그대의 가슴속에서 실을 뽑아 옷을 짜는 것입니다. 사랑하는 이에게 살 집을 마련해준다는 마음으로, 따뜻한 손길로 집을 짓는 것입니다. 사랑하는 이에게 열매를 먹인다는 마음으로, 정성 들여 씨를 뿌리고 그 결실을 기쁜 마음으로 거두어들이는 것입니다. 또 이러한 것들은 그대들이 만든 사물 하나하나에 영혼의 숨결을 불어넣는 것이자 축복받으며 죽은 자들이 그대들 주위에 서서 지켜보고 있음을 깨닫는 것입니다. 나는 때때로 그대들이 잠꼬대하듯 웅얼거리는 소리를 듣습니다.

'대리석을 쪼아 돌 속에서 자기 영혼의 모습을 찾아내는 조각가는 땅을 일구는 농부보다 더 고귀하다. 또한 무지개를 옮겨 담아 인간과 닮은 모습

으로 화폭에 담아내는 화가는 발에 맞는 신발을 만드는 장인보다 더 위대하다.'

허나 나는 잠에 취하지 않은 채 활짝 깬 한낮의 정신으로 말하겠습니다. 바람은 키 큰 참나무에게 다정하게 속삭이는 것만큼이나 자그마한 풀잎 하나하나에도 똑같은 다정함으로 다가갑니다. 그러니 위대함이란 일 그 자체가 아닌, 그것을 사랑하는 마음에 달려 있는 셈이지요.

그리고 그런 바람의 속삭임에 사랑을 실어 달콤한 노래로 바꾸는 사람이야말로 진정 위대한 사람인 것입니다. 일이란 우리 눈앞에 모습을 드러낸 진정한 사랑입니다. 만일 그대들이 사랑으로 일하지 않고 미움이 가득한 마음으로 일한다면, 차라리 일손을 놓고 사원의 문 앞에 주저앉아 기쁘게 일하는 사람들의 자선을 구하는 편이 나을 것입니다.

그대들이 정성 없는 태도로 빵을 굽는다면, 먹는 이의 허기를 반밖에 채우지 못하는 쓰디쓴 빵을 만들 것입니다. 그대들이 원한을 품고 포도를 으깬다면, 그대들의 원한은 독이 되어 포도주 속으로 스며들 것입니다 그대들이 천사처럼 노래한다 하여도 사랑 없는 마음으로 노래를 한다면, 그 노래는 듣는 이의 귀를 멀게 하여 낮과 밤의 소리를 듣지 못하게 할 것입니다."

8

기쁨과 슬픔에
대하여

이번에는 여인이 다소곳이 말했다.
"기쁨과 슬픔에 대하여 말씀을 듣고 싶습니다."
그가 대답했다.

"그대들의 기쁨은 가면을 벗은 슬픔입니다. 그대들의 웃음이 피어오르는 얼굴은 때로는 그대들의 슬픔으로 가득 차 있습니다. 어찌 그렇지 않을 수 있겠습니까. 슬픔이 그대들 안에 깊이 새겨진다면, 그대들은 그보다 더 큰 기쁨을 맛볼 것입니다. 그대들의 포도주가 담긴 잔은 도공의 가마 속에서 뜨겁게 타올랐던 바로 그 잔이 아닙니까. 그대들의 영혼을 부드럽게 달래주는 악기는 속을 칼로 파냈던 바로 그 나무가 아닙니까. 그대들이 기쁠 때 마음속 깊은 곳을 들여다보십시오. 그대들에게 슬픔을 주었던 그것이 지금은 기쁨을 주고 있음을 깨달을 것입니다. 슬플 때도 마음속을 들여다보십시오. 그대들은 한때 기쁨이었던 그것으로 지금은 눈물을 흘리고 있음을 깨달을 것입니다.

그대들 가운데 어떤 이는 '기쁨은 슬픔보다 더 위대하다.'라고 말하고, 어떤 이는 '아니, 슬픔이 기쁨보다 더 위대한 존재다.'라고 말합니다. 허나 그대들에게 말하노니, 그 둘은 서로 나눌 수 없습니다. 둘은 반드시 함께 찾아오니, 하나가 그대들과 함께 식탁에 앉아 있을 때 다른 하나는 그대들의 침대에 잠들어 있음을 기억하십시오.

진실로 그대들은 슬픔과 기쁨 사이에 저울처럼 매달려 있으니, 오직 그대들은 비어 있을 때 드디어 균형을 잡을 수 있습니다. 그러니 보물을 지키는 자가 금과 은의 무게를 달기 위해 그대들의 균형을 흔들 때, 그대들의 기쁨과 슬픔 또한 오르내릴 수밖에 없는 것입니다."

9

집에
대하여

이번에는 석공이 앞으로 나서며 물었다.

"집에 대한 말씀을 듣고 싶습니다."

그가 대답했다.

"그대들이 도시 안에 집을 짓기 이전에, 먼저 자신의 무한한 상상력으로 거친 광야에다 통나무집을 지으십시오. 그대들이 땅거미 질 무렵 집으로 돌아오듯이, 그대들 안의 방랑자도, 길을 잃고 먼 곳에서 홀로 떠도는 나그네도 안락함으로 되돌아올 수 있도록 말입니다. 그대들의 집은 그대들보다 훨씬 더 큰 몸입니다. 그것은 태양 아래에서 자라고 밤의 침묵 속에서 잠들며 광대한 꿈을 꿉니다.

그대들의 집은 꿈꾸는 존재가 아닙니까. 그렇게 꿈을 꾸며 도시를 떠나 아늑한 수풀이나 언덕 위로

51

가지 않습니까. 내가 그대들의 집을 손안에 가득 모아, 씨를 뿌리듯 숲과 초원에 뿌릴 수만 있다면 골짜기는 그대들의 거리가 되고, 우거진 숲의 오솔길은 그대들이 산책로가 될 것입니다.

또 그대들은 포도밭에서 서로를 찾아다니다가 옷 속에 흙 향기를 가득 품고 돌아올 것입니다. 그러나 아직은 이런 일들이 이루어지지 않았습니다. 그대들 조상들은 두렵고 염려하는 마음에 그대들을 너무 가까이 모아 놓았습니다. 이 두려움은 조금 더 오래갈 것이니, 한동안 도시의 높은 성벽은 그대들의 집을 광야에서 떨어뜨려 놓을 것입니다. 오팔리즈 시민이여, 말해보십시오. 그대들은 그 집 안에 무엇을 간직하고 있습니까.

그대들이 문을 굳게 잠그고서 지키고 있는 것은 도대체 무엇입니까? 그대들은 그대들의 힘을 드러내 보이고 싶은 고요한 열망을 품고 있습니까? 그대들은 마음의 꼭대기에 걸쳐 희미하게 빛나고 있는 아치를 기억하고 있습니까? 그대들은 그 유연

한 아름다움을 지니고 있습니까? 그대들의 마음을 돌과 나무로 만든 지상의 물건 속에서 끌어내어 신성한 산으로 이끌 아름다움을 말해보십시오.

그대들의 집에는 이런 것들을 소유하고 있습니까? 아니면 그대들은 편안함만을 찾습니까? 편안함을 찾는 나태한 욕망은 손님처럼 살금살금 집으로 들어와 주인 행세를 하다가, 결국 그대들을 노예처럼 부릴 것입니다. 그렇습니다. 정녕 그 나태한 욕구는 조련사처럼 갈고리와 채찍을 휘두르며 그대들을 더 큰 욕망의 노예로 만들고야 말 것입니다.

게으른 욕심의 두 손이 보드라운 비단결 같다 하여도, 그 뜻은 냉정한 무쇠와 같습니다. 그것은 그대들을 달래 주는 척하다가 그대들이 잠든 침대 곁에서 내려다보며 육신의 존엄성을 비웃을 뿐입니다. 그대들의 건강한 감각을 조롱하고, 깨지기 쉬운 그릇처럼 함부로 다루다가 엉겅퀴 가시덤불 속으로 미련 없이 던져버립니다. 진실로 편안함에 대한 나태한 욕구는 영혼의 열정을 한순간에 죽이

고, 활짝 웃는 얼굴로 장례식에 성큼성큼 걸어 들
어오는 것입니다.

　허나 그대들이 땅에서 뛰노는 천진한 아이들이
자 잠 속에서도 잠들지 않는 이들이라면, 편안함
의 함정에 빠지거나 결코 길들여지지 않을 것입니
다. 그대들의 집은 정박하는 닻이 아니라 항해하
는 돛대가 될 것입니다. 상처를 덮어버리는 반지
르르한 막이 아니라 눈을 감싸 지켜주는 진정한
눈꺼풀이 될 것입니다.

　그대들은 문으로 들어가기 위해서 활짝 편 날개
를 결코 접지 않아도 됩니다. 천장에 부딪칠까 머
리를 숙일 필요도, 벽이 갑자기 와르르 무너지지
않을까 겁먹고 제대로 숨도 쉬지 못할 지경에 처
하지 않아도 됩니다. 그대들은 죽은 자가 산 자를
위해 만든 무덤에서 머무르지 마십시오. 집이 아
무리 웅대하고 호화롭다 하여도, 그대들의 집이
비밀을 간직하는 곳이 되어선 안 되고 갈망을 숨
기는 곳이 되어서는 더욱 안 됩니다. 그대들 안에

있는 무한한 존재는 하늘의 궁전이 주인이기 때문입니다. 그곳에서는 아침의 안개를 문으로 여길 것이고, 밤의 노래와 고요는 은하수 커튼이 드리워진 창문일 것입니다."

10

옷에
대하여

이번에는 베 짜는 직공이 말했다.

"옷에 대하여 말씀해주십시오."

그가 대답했다.

"그대들의 옷은 많은 아름다움을 옷 속에 감추지
만, 아름답지 못한 부분은 결코 가려주지 않습니다.
그대들은 옷으로 자신의 자유를 추구해보려 하지
만, 결국에는 밧줄과 사슬에 매임을 당하고 말 것입
니다. 그대들이 가벼운 옷차림으로 살갗을 드러내
어 해와 바람을 맞이하면 좋겠습니다.

삶의 숨결은 햇살 아래에서 더 따뜻하고 삶의
손길은 바람결에 더 부드러워지기 때문입니다. 그
대들 가운데 어떤 이는 '우리에게 옷을 짜 입힌 것
은 차가운 북풍이다.'라고 말합니다. 나는 이렇게
대답하겠습니다. '그렇지요, 차가운 북풍이 그랬을

것입니다. 그러나 그가 옷을 짠 베틀은 부끄러움이며, 그가 뽑아낸 실은 연약해진 힘줄입니다. 그러한 옷을 만들어 놓고 그는 바람의 숲속에서 조롱의 웃음을 지었을 것입니다. 그러니 그의 겸손함은 깨끗하지 못한 자의 눈을 가리기 위한 방패임을 잊지 마십시오. 깨끗하지 못한 자가 더 이상 없을 때, 그 겸손함은 마음을 옥죄이는 족쇄이자 마음을 부패시키는 오물이 아닙니까. 잊지 마십시오. 땅은 그대들의 맨발을 어루만질 때 환희에 젖어 하고, 바람은 그대들의 머리카락을 마구 휘날리며 장난치고 싶어 한다는 것을."

11

사고파는 것에
대하여

이번에는 상인이 물었다.

"사고파는 것에 대해 알고 싶습니다."

그가 대답했다.

"땅은 그대들에게 탐스런 열매를 아낌없이 내어
줍니다. 허나 그대들이 모아 쥔 두 손을 어떻게 채
워야 하는지 안다면 그 열매를 무조건 탐하지 마
십시오. 땅이 준 선물은 서로 주고받아야 풍요로
움과 충만함을 다 같이 누릴 수 있기 때문입니다.
그 주고받음이 사랑과 배려 속에서 공평하게 이루
어지지 않는다면 어떤 이는 탐욕에 눈이 멀고, 어
떤 이는 배고픔에서 헤어나지 못할 것입니다.

바다, 들판, 포도밭에서 땀 흘리는 노동자들이
여, 시장에서 베 짜는 자와 그릇을 빚는 자, 향신
료를 모으는 자, 그들을 만나거든 땅의 위대한 영

혼이 그대들에게도 깃들기를 기도하십시오. 그 영혼이 그대들의 저울과 서로의 바른 값어치를 가늠하는 셈을 성스럽게 해주기를 기원하십시오. 또한 빈손으로 온 자가 거래에 끼어들려거든 단호히 거절하십시오. 그리고 이처럼 그대들의 노동을 말로서 사려는 자들에게 말해주십시오.

'우리와 함께 들판으로 갑시다. 모두 다 함께 바다로 나아가 그물을 던져도 좋습니다. 땅과 바다가 우리에게 항상 그랬듯이 그대들에게도 풍요로움을 베풀 것입니다.'

장마당에서 노래를 부르고 춤을 추는 자나 피리를 부는 자를 만나거든, 이들이 주는 선물도 사도록 하십시오. 이들 역시 열매와 유향을 모으는 자들이니, 이들이 가져온 것이 비록 손에 쥐어지지 않는 꿈으로 만들어졌다 하여도 그대들의 영혼에 고운 옷과 달콤한 음식이 될 것입니다.

그리고 시장을 떠나기 전에 빈손으로 자리를 뜨는 이가 없는지 자세히 살펴보십시오. 이 땅의 위

대한 영혼은 그대들 하나하나의 욕구가 다 채워질
때까지 결코 바람 속에서 평화로이 잠들지 못할
것입니다."

12

죄와 벌에
대하여

이번에는 도시의 재판관이 나와 말했다.

"죄와 벌에 대하여 말씀해주십시오."

그가 대답했다.

"그대들의 영혼이 바람결에 떠돌며 방황하고 있을 때면, 그대들은 돌봐주는 이 하나 없이 외롭게 홀로 서성이다 남들에게 잘못을 범합니다. 그리고 스스로에게도 잘못을 저지르고 맙니다. 그 때문에 결국 자신의 잘못으로 축복의 문을 기진할 때까지 두드리며, 끝내는 그 문 앞에 주저앉아 하염없이 기다려야 하는 것입니다. 그대들의 거룩한 자아는 드넓은 바다와 같이 영원히 더럽혀지지 않습니다. 그것은 높은 하늘처럼 날개가 있는 것만을 들어 올립니다.

그대들의 거룩한 자아는 태양과도 같아, 두더지가 다니는 땅속 길은 알지 못하며 뱀처럼 습하고 검은 구멍을 찾지도 않습니다. 허나 이 거룩한 자아는 그대들 안에 홀로 머무르지 않습니다. 그대들 안의 많은 부분은 여전히 인간의 모습을 하고 있으며, 아직도 많은 부분은 인간이 되지 못하고 있습니다. 그저 보잘것없는 난쟁이와 같이 잠 속에서 잠에 취해 안개를 헤치고 다니며 스스로 깨어날 때를 기다릴 뿐이지요. 이제 나는 그대들 안에 있는 인간을 말하려 합니다. 죄를 알고 그 죄에 대한 벌을 아는 이는 인간일 뿐, 그대들의 거룩한 자아나 안개 속을 이리저리 헤매는 난쟁이는 아니기 때문입니다.

　　간혹 나는 그대들이 이렇게 말하는 것을 듣습니다. 잘못을 범한 자는 그대들 가운데 한 사람이 아니라, 그대들에게 나타난 낯선 이방인이자 그대들 세상에 끼어든 난폭한 침입자라고. 허나 그대들에게 말하노니, 아무리 선하고 의로운 성자라 하여

66

도 그대들 한 명 한 명 안에 있는 고귀한 존재를 뛰어넘을 순 없습니다. 또 아무리 나약하고 타락한 악인이라 하여도, 그대들 안에 있는 천한 존재보다 더 타락할 수는 없습니다. 잎사귀 하나라도 온 나무에 대한 이해 없이는 노랗게 물들지 못하듯이, 그대들 안에 조용히 숨은 의지가 없다면 잘못을 행하는 자는 악행을 저지를 수 없습니다.

그대들은 한 행렬을 이루며 그대들 안의 거룩한 자아를 향해 한 걸음 또 한 걸음 나아가고 있을 뿐입니다. 그대들 가운데 한 사람이 넘어진다면, 그는 뒤에 오는 이들을 위해 넘어진 것이며, 발부리에 걸리는 돌을 조심하라고 경고한 것입니다. 또 그는 앞서 가는 이들을 위해서도 넘어진 것입니다. 이들이 자신 있는 걸음으로 빠르게 가느라 발부리에 걸리는 돌을 미처 치우지 못했기 때문입니다. 그러니 그대들의 가슴을 무겁게 짓누를지라도, 다음의 말 또한 가슴에 깊이 새기십시오.

살해당한 자는 자신의 죽음에 책임이 없지 않으

며, 도둑맞은 자는 도둑당한 것에 잘못이 없지 않
습니다. 의로운 자는 악인의 행동에 허물이 없지
않으며, 결백한 자는 죄인의 범죄에 죄가 없지 않
습니다. 그렇습니다. 죄인은 때로 상처받는 희생자
이며, 사형수도 죄 없는 자와 비난할 것이 없는 자
의 짐을 짊어지기도 합니다.

그대들은 정의로운 자와 정의롭지 않은 자를 무
자르듯 분명하게 나눌 수 없으며, 선한 자와 악한
자를 완전히 구분하여 나눌 수도 없습니다. 검은
실과 하얀 실이 한데 짜여 있듯이, 그대들은 하나
같이 태양의 얼굴 앞에 나란히 서 있기 때문입니
다. 검은 실이 끊어진다면, 베 짜는 직공은 옷감 전
부를 들여다보아야 하며 베틀 또한 면밀히 살펴야
합니다.

그대들 가운데 누가 부정한 아내를 심판하려거
든, 그 남편의 마음 또한 저울에 달고 그 영혼의 무
게도 달아보십시오. 죄인을 채찍질하려거든, 먼저
죄인에게 당한 자의 영혼부터 살피십시오. 그대들

가운데 누군가 정의의 이름으로 벌을 내리고 악의 나무를 도끼로 내리치려거든, 먼저 그 나무의 뿌리를 살펴보십시오. 진실로 선과 악의 뿌리, 풍요로움과 척박함의 뿌리가 흙의 고요한 가슴속에 한데 뒤섞여 있음을 알 것입니다.

그렇다면 그대들, 실로 정의로워야 할 재판관들이여, 육신은 정직하나 도둑의 정신을 소유한 자에게 과연 어떠한 판결을 내릴 수 있겠습니까. 살인자의 육신을 가졌으나 스스로의 영혼은 이미 살해당한 자에게 어떤 처벌을 내리겠습니까. 남을 속이고 억압했으나 마음에 억울함과 분노를 이미 품은 자에게 어떤 심판을 가하겠습니까. 죄를 저질렀으나 그 죄보다 더 큰 죄책감으로 이미 괴로워하는 자에게 어떤 벌을 주겠습니까. 그 죄책감이란 그대들이 기꺼이 섬기어 집행하는 법이란 정의와 같지 않습니까.

허나 그대들은 죄 없는 자에게 죄책감을 심어줄 수도, 죄지은 자에게서 죄책감을 덜어줄 수도 없습니다. 죄책감이란 초대하지 않아도 한밤중에 성큼 찾아와 사람들을 깨우고 스스로를 들여다보게끔 하기 때문입니다.

그러나 정의를 이해하려는 그대들이여, 모든 행동을 환한 빛에서 맑은 눈으로 살펴보지 않는다면 어찌 정의를 이해할 수 있겠습니까. 그런 후에야 그대들은 똑바로 일어선 의인과 타락한 죄인은 그저 한 사람이, 난쟁이 자아의 밤과 거룩한 자아의 낮 사이의 보이지도 안 보이지도 않는 어스름한 빛 속에 서 있는 것과 같음을 깨달을 것입니다. 그리고 사원의 주춧돌이 가장 낮은 바닥에 놓은 돌보다 결코 높지 않다는 것을 기어코 깨달을 것입니다."

13

법에
대하여

이번에는 법률가가 말했다.

"그렇다면 스승이시여, 우리네 법은 어떻습니까."

그가 대답했다.

"그대들은 법을 만드는 것에서 만족을 느끼며,
법을 깨부수는 것에서는 쾌락을 얻습니다. 마치
바닷가에서 노는 아이가 끊임없이 모래성을 쌓다
가 허물며 웃고 재미있어 하는 것처럼 말입니다.
허나 그대들이 모래성을 쌓는 동안에도 바다는 더
많은 모래를 해변에 밀어 놓습니다. 또한 그대들
이 모래성을 허물 때, 바다는 그대들을 보며 웃을
것입니다.

진정 바다는 순진무구한 자에게는 언제나 미소
를 짓습니다. 허나 삶이 바다를 전혀 닮지 않는 자
에게, 사람이 만든 법도 모래성을 뭉개버리 듯하

는 자에게 법이란 무엇입니까? 삶을 바위처럼 여기며, 법을 그 바위에 자신과 닮은 형상을 새기는 끌로 여기는 자는 어떻습니까? 춤추는 자를 시기하는 절름발이는 어떻습니까?

자신의 멍에는 끔찍이 사랑하면서, 숲속의 사슴과 순록들은 길을 잃었거나 그저 떠도는 무리 따위로만 여기는 황소는 어떻습니까? 자신의 허물은 벗지도 못하면서 남 보고는 벌거벗고 부끄럼도 모른다고 비난하는 교활한 늙은 뱀은 어떻습니까? 혼인 잔치에 일찍 나타나 잔뜩 먹고 마시고 지칠 때까지 놀고 난 뒤 돌아가면서, 모든 잔치는 법을 위반하는 것이며 잔치에 온 손님들은 모두 범법자라고 비난하는 자는 어떻습니까?

이들에게 내가 도대체 무슨 말을 하겠습니까? 그저 이들도 햇빛 아래에 서 있기는 하지만 태양을 등지고 있다고 말할 수밖에요. 이들은 자기 그림자만 내려다보고, 그 초라한 그림자를 자신의 법으로 삼을 뿐입니다. 그렇다면 이들에게 태양은

74

무엇이겠습니까? 다만 그림자를 깔아주는 존재일 뿐입니다. 법을 인정한다는 것은 무엇이겠습니까? 몸을 구부려 땅에 드리운 그림자를 좇는 일일 뿐입니다.

그러나 태양을 향해 당당하게 걸어가는 그대들이여, 땅에 드리운 어떤 형상이 그대들을 감히 붙잡을 수 있습니까? 바람 따라 자유롭게 여행하는 그대들이여, 그 어떤 풍향계가 그대들의 길을 안내해줄 수 있습니까?

그대들이 인간의 감옥 문이 아니라 자신들이 짊어진 멍에를 스스로 부수는 것이라면, 어떤 법이 그대들을 묶을 수 있습니까? 그대들이 인간의 쇠사슬에도 아랑곳하지 않고 가볍게 춤춘다면, 어떤 법이 그대들을 두렵게 하겠습니까? 그대들이 자신들의 옷을 찢고도 인간의 길에서 벗어나지 않는다면, 그 누가 그대들을 심판할 수 있겠습니까?

오팔리즈 시민들이여, 그대들은 능히 북소리를 약하게 할 수도, 리라의 줄을 느슨하게 할 수도 있

습니다. 허나 그 누가 저 종달새에게 노래를 그치라
고 명할 수 있겠습니까?"

14

자유에
대하여

이번에는 웅변가가 물었다.

"자유에 대해서 말씀해주십시오."

그가 대답했다.

"나는 성문 앞에서, 집 안 난롯가에서 그대들이 엎드려 엄숙하게 자유를 비는 모습을 보았습니다. 마치 노예들이 죽음을 당할지라도 폭군 앞에서 스스로 머리를 조아리고, 입이 마르도록 찬양해대는 모습과 같더이다. 그렇습니다. 나는 사원 숲속에서, 때로는 성채의 그늘 아래서, 그대들 가운데 더없이 자유로운 자가 자신의 자유를 굴레와 쇠사슬처럼 온몸에 칭칭 감고 있는 모습을 보았습니다. 그때 내 가슴속에서 피가 흘렀습니다.

그대들이 자유를 구하는 욕망조차 구속이라고 생각할 때, 자유를 하나의 목적이자 완수할 임무

라고 더 이상 말하지 않을 때, 비로소 자유로울 것이기 때문입니다. 그대들은 근심 없는 한낮을 보내고, 그 어떤 허황된 바람이나 슬픔 없이 밤을 보낸다면, 그리고 이 모두가 그대들의 삶을 옭아맬지라도 홀홀 벗어던지고 자유의 몸으로 일어선다면 진정 자유로울 것입니다. 또 그대들이 미련한 한낮의 시간에 채워두었던 사슬을, 깨달음의 맑은 새벽에 끊어 내지 않는다면, 어찌 그대들의 낮과 밤을 넘어설 수 있겠습니까?

그대들이 자유라고 부르는 것은 그 많은 사슬 중에서도 가장 강력한 것입니다. 설령 그 고리가 햇빛에 반짝반짝 빛나 그대들의 눈을 흘린다 하여도, 그대들이 자유롭기 위해 버리는 것은 그대들 스스로의 녹슨 파편일 뿐입니다. 그대들이 내버리려는 것이 옳지 못한 법이라면, 그 법은 그대들 손으로 직접 그대들의 이마에 적은 것입니다. 그대들이 아무리 법전을 태워 없애도, 재판관의 이마를 문대고 바닷물을 들이부어 씻어내도, 그 흔적은 지울 수 없을

것입니다. 그대들이 몰아내려는 것이 폭군이라면,
먼저 그대들 안에 세운 폭군의 왕좌가 무너졌는지
살피십시오. 만일 자유롭고 당당한 자들이 자신의
자유에 한 점의 포악함도 없으며, 자신의 당당함에
한 점의 부끄러움도 없다면, 폭군이 어찌 이들을 함
부로 다스릴 수 있겠습니까.

　그대들이 벗어버리려는 것이 근심이라면, 그 근
심은 그대들에게 강제로 떠맡겨진 것이 아니라 그
대들 스스로 선택한 것입니다. 그대들이 떨쳐버리
려는 것이 공포라면, 그 공포는 두려워하는 자의
손아귀에 있는 것이 아니라 이미 그대들 마음속
깊은 곳에 자리 잡고 있습니다. 진실로 만물이 그
대들 안에 반쯤 뒤엉켜 있으니 그대들이 욕망하는
것과 두려워하는 것, 혐오하는 것, 아끼는 것, 추구
하는 것, 달아나려 하는 것은 끊임없이 자기 안에
서 움직이고 있는 것입니다.

　그대들 안에서 움직이는 이것들은 마치 한 쌍의
빛과 그림자처럼 서로 얽히고설키어 꿈틀거립니

다. 그러니 그림자가 사라져 더 이상 보이지 않을 때, 남은 빛이 또 다른 빛의 그림자가 되는 것입니다. 마찬가지로 그대들의 자유도 족쇄에서 벗어날 때, 더 큰 자유의 족쇄가 될 것입니다."

15

이성과 열정에
대하여

이번에는 여자 사제가 물었다.

"이성과 열정에 대해서 말씀해주십시오."

그가 대답했다.

"그대들의 영혼은 때로는 이성과 판단력이, 열정과 욕망에 맞서 싸우는 전쟁터입니다. 만일 내가 그대들 영혼의 중재자가 될 수 있다면, 그대들 안에서 일어나는 다툼과 경쟁을 하나의 노래로 바꾸어 놓을 수도 있으련만. 허나 그대들 스스로 중재자가 되지 않는다면, 아니 그대들 안에 존재하는 모든 것을 그대들이 사랑하지 않는다면, 내가 어찌 그럴 수 있겠습니까.

그대들의 이성과 열정은 바다를 항해하는 영혼의 방향타와 돛입니다. 방향타나 돛이 부러진다면, 그대들은 내버려진 채 떠돌거나 바다 한가운데 꼼

짝없이 갇혀 있어야 할 것입니다. 왜냐하면 이성은 홀로 다스리기에는 한계가 있는 힘이며, 열정은 주의를 기울이지 않으면 스스로를 불살라 파괴하는 불꽃이기 때문입니다.

그러니 그대들은 그대들의 영혼을 부추겨 이성을 열정의 높이까지 훨훨 날아오르게 하십시오. 그리고 열정을 이성의 힘으로 더 높은 곳까지 이끌게 하십시오. 마치 불사조가 스스로를 불사른 잿더미 속에서 다시 일어나는 것처럼, 그대들의 열정이 날마다 되살아날 수 있도록 하십시오. 내 그대들에게 바라노니, 판단력과 욕망을 집에 초대한 소중한 손님처럼 여기십시오. 마땅히 그대들은 한 손님을 다른 손님보다 더 귀하게 대접해서는 안 될 것입니다. 한 손님에만 신경을 쓰다 보면 두 손님의 사랑과 믿음을 모두 잃을 것이기 때문입니다.

그대들이 언덕 위 하얀 버드나무의 시원한 그늘 아래 앉아, 멀리 보이는 아득한 들판과 초원의 싱그러운 평화로움과 고요함을 느긋이 맛볼 때면,

마음속으로 조용히 말하십시오.

'신께서 이성 안에 머무르고 계신다.'

허나 폭풍이 마구 몰려오고 거센 회오리바람이
숲을 흔들며 천둥 번개가 요란하게 하늘의 장엄함
을 고함지를 때면, 두려운 마음으로 말하십시오.

'신께서 열정으로 움직이신다.'

그러면 그대들은 신의 세계에서 한 숨결이며, 신
의 숲 속에서 한 이파리니, 신과 마찬가지로 이성
안에 머무르며 열정으로 움직이게 될 것입니다.

16

고통에
대하여

이번에는 여인이 말했다.

"고통에 대하여 말씀해주십시오."

그가 대답했다.

"그대들의 고통이란 깨달음을 둘러싸고 있는 껍질이 부서지는 것과 같습니다. 과일의 씨가 햇빛을 보려면 갈라져 부서져야 하듯이, 그대들도 깨달음을 위해서는 참된 고통을 맛보아야 합니다.

그대들이 경이로운 눈으로 하루하루 일어나는 삶의 기적을 볼 수 있다면, 고통도 기쁨 못지않은 경이로운 마음으로 받아들이게 될 것입니다. 그대들이 들판 위로 지나가는 우여곡절의 계절을 견뎌냈듯이, 그대들 마음속에 지나가는 거친 계절도 견뎌낼 수 있을 겁니다. 그러면 춥고 고달픈 슬픔의 겨울도 차분한 마음으로 바라보게 될 것입니다. 그대들 고통의 대부분은 스스로 택한 것입니다. 고통은 그대들 안의 의사가 아픈 자아를 치유하기 위해 지어준 쓴 약입니다. 그러니 의사를 믿고, 그가 준 약을 감사하며 묵묵히 침착하게 받아 마십시오.

그의 손이 아무리 무겁고 거칠다 하여도, 그 손은 보이지 않는 그분의 손길이 인도한 것입니다. 그가 내준 잔이 아무리 그대들 입술을 불타게 하여도, 그 잔은 도공이 자신의 성스러운 눈물로 적시고 흙으로 빚은 것입니다."

17

자아를
아는 것에
대하여

이번에는 남자가 물었다.

"자아를 아는 것이란 무엇인지 말씀해주십시오."

그가 대답했다.

"그대들의 마음은 말이 없는 중에도 낮과 밤이 가진 비밀을 알고 있습니다. 허나 그대들의 귀는 마음속 깊은 곳의 지혜를 소리로 듣고자 합니다. 그대들은 이미 머릿속으로 알고 있는 것을 말로 이해하려 합니다. 그대들은 꿈의 벌거벗은 몸을 손가락으로 만지고 싶어 합니다. 또 그대들은 마땅히 그렇게 해야만 합니다.

그대들 영혼 속에 숨어 있는 맑은 샘물은 반드시 솟아올라 바다로 졸졸 흘러야 하며, 그대들 안의 무한히 깊은 곳에 있는 찬란한 보물은 그대들 눈앞에 모습을 드러내야 합니다. 허나 그대들은 그 미지의 보물을 저울에 달려고 하지 마십시오. 그대들 지식의 깊이로 지팡이나 줄로 재어보려 하지 마십시오.

자아란 그 깊이를 헤아릴 수 없으며 넓음을 알 수 없는 바다이기 때문입니다.

'진실을 다 찾았다.' 하지 말고, '겨우 한 조각의 진실을 보았다.'라고 하십시오.

'영혼의 길을 찾았다.' 하지 말고, '내 길에서 가고 있는 영혼을 보았다.'라고 하십시오. 영혼은 세상의 모든 길을 걷기 때문입니다. 영혼은 외길만 따라 걷는 것도, 갈대처럼 무성히 자라나는 것도 아닙니다. 수많은 꽃잎이 달린 연꽃처럼 스스로 화사하게 펼쳐 보이는 것입니다."

18

가르치는 것에
대하여

이번에는 선생이 말했다.

"가르치는 것이란 무엇인지 말씀해주십시오."

그가 대답했다.

"그 누구도 그대들에게 속 시원하게 가르쳐줄
수는 없습니다. 그저 그대들 스스로가 깨달음의
새벽에 반쯤 몽롱하게 잠들어 있는 것을 귀띔해
줄 수 있을 뿐. 제자들에게 둘러싸여 사원의 그늘
아래를 여유롭게 거니는 선생이라 하여도, 자신의
지혜를 나눠줄 수 없는 것입니다.

비록 자신의 믿음과 사랑을 베풀 수는 있어도,
그가 진실로 현명하다면, 그대들에게 자기가 지은
지혜의 집으로 들어오라고 강요하지는 않을 것입
니다. 차라리 그대들 스스로에게 마음속의 문지방
을 넘도록 이끌 것입니다. 천문학자가 우주에 대

한 깨달음을 말해준다 하여도, 자신에 대한 깨달음을 나누어주지는 못합니다. 음악가가 온 우주의 리듬을 노래로 부른다 하여도, 그 리듬을 듣는 귀도, 그것을 울려 퍼지게 하는 목소리도 결코 나누어 줄 수 없습니다. 숫자의 과학을 꿰뚫고 있는 자가 무게나 단위의 세계를 말해준다 하여도, 그곳으로 그대들을 데려가주지는 못합니다. 한 사람이 가진 상상의 날개를 다른 이에게 빌려줄 수 없기 때문입니다.

그대들 각자가 스스로의 힘으로 신을 깨닫듯이, 그대들은 따로따로 신을 깨닫고 각자가 따로 이 땅을 이해해야 합니다."

19

우정에
대하여

이번에는 젊은이가 말했다.

"우정에 대하여 알고 싶습니다."

그가 대답했다.

"친구는 그대들의 소망을 채워주는 소중한 존재
입니다. 그는 그대들이 사랑으로 씨를 뿌려 추수
감사절에 거두어들이는 풍요로운 들판입니다. 그
는 그대들의 넉넉한 식탁이자 그대들의 따뜻한 집
이지요. 그대들은 배고플 때 그를 찾고, 그에게서
평화를 얻기 때문입니다. 그가 속마음을 털어놓을
때 그대들은 진심으로 '아니다.'라고 말하는 것을
두려워하지 말 것이며, '그렇다.'라는 말도 참고 억
누르지 마십시오.

그가 침묵할 경우에도 그대들의 마음은 언제나
그의 마음에 계속 귀 기울이도록 하십시오. 말이

없어도 우정 안에서는 모든 생각과 모든 욕망, 모든 희망과 기대를 기쁜 마음으로 품고 나누는 것입니다.

그와 헤어질 때에도 부디 미련을 갖거나 슬퍼하지 마십시오. 산을 오르는 자에게는 산이 평지보다 또렷이 보이듯이, 친구의 가장 좋은 점은 그가 곁에 없을 때 더 또렷이 드러나기 때문입니다.

우정을 나눌 때에는 영혼을 깊이 맞닿는 것 외에 다른 목적은 두지 마십시오. 자신의 신비를 드러내는 것 외에 또 다른 무엇을 찾는 사랑은 사랑이 아니라 함부로 내던진 그물에 불과합니다. 함부로 다룬 그물에는 쓸데없는 것만 걸릴 뿐이지요.

그러니 그대들은 친구를 위해 최선을 다하십시오. 그가 그대들의 물결이 빠져나가는 때를 알고 있다면, 그대들의 물결이 춤추며 흘러넘치는 때도 알려주십시오. 시간이나 적당히 때우기 위해서 친구를 찾는다면 그 친구가 무슨 값어치가 있겠습니까? 언제나 시간을 활기차고 보람 있게 보내기 위해 친구를 찾으십시오.

친구는 그대들의 공허함을 채우는 존재가 아니라 그대들의 부족함을 채우기 위한 존재가 되어야 합니다. 그러니 기쁨을 함께 나누면서 우정의 따스함 속에 웃음이 깃들도록 하십시오. 우정의 마음은 하찮은 이슬 한 방울에서도 아침을 발견하고 생기를 되찾기 때문입니다."

20

말하는 것에
대하여

이번에는 학자가 물었다.

"말하는 것에 대한 말씀을 듣고 싶습니다."

그가 대답했다.

"그대들은 가만히 생각하지 못할 때 말을 합니다. 그리고 마음의 고독을 더 이상 견디지 못할 지경이면 입을 엽니다. 그때 말소리는 기분 전환의한 방법이자 소일거리에 불과합니다. 말이 많아지면 생각의 반은 죽게 됩니다. 생각이란 하늘을 나는 새와 같아서, 말의 감옥 속에서 날개를 간신히펼 수 있을지는 몰라도 힘차게 날아오르지는 못하기 때문입니다. 그대들 가운데 어떤 이는 홀로 있기가 두려운 나머지 수다스러운 이야기꾼을 찾습니다. 이들은 고독한 침묵이 벌거벗은 몸뚱이를드러내면 당장 도망치려 듭니다.

어떤 이는 자신도 전혀 이해하지 못하는 진실을 아무 지식 없이 닥치는 대로 뱉어냅니다. 어떤 이는 자신 속에 진실을 간직하고 있으면서도 함부로 입 밖으로 내뱉지 않습니다. 이런 이들의 가슴에서 영혼은 살아 움직이는 침묵 속에 머물고 있습니다. 그대들이 길거리에서나 광장에서 친구를 만나게 되거든, 그대들 안의 영혼으로 하여금 입술을 움직이고 혀를 굴리게 하십시오. 그대들 내면의 목소리가 그의 내면의 귀에 속삭이도록 하십시오. 그의 영혼은 그대들 마음의 진실을 영원히 간직할 것입니다.

마치 포도주의 빛깔은 지워지고 포도주를 담은 잔이 더 이상 기억되지 않는다 하여도, 그 포도주 맛은 절대 잊지 못하는 것처럼 말입니다."

21

시간에
대하여

이번에는 천문학자가 말했다.

"스승이시여, 시간에 대하여 알고 싶습니다."

그가 대답했다.

"그대들은 헤아릴 수조차 없는 무한하고 또 무한한 시간을 감히 헤아리려 합니다. 시간과 계절의 변화에 따라 그때그때 그대들의 행동을 맞추고, 그대들의 영혼이 갈 길마저 함부로 정하려 합니다. 시간을 강물로 만들어 놓고는, 바로 위 강둑에 앉아 그 물이 흐르는 모습을 내려다보려는 것입니다.

그대들 안에서 시간을 초월한 존재는 삶이 시간을 넘어서는 것임을 압니다. 어제는 오늘의 기억일 뿐이며, 내일은 오늘의 꿈이라는 것도 압니다. 또 그대들 안에서 노래하고 명상하는 존재는 별들이 우주공간에 흩뿌려지던 첫 순간, 그 속에 여전히 머물고 있습니다. 그대들 가운데 누가 그분의 사랑하는 힘이 한없는 것임을 느끼지 못하겠습니까. 그 사랑은 한이 없습니다. 그 누가 그분이라는 존재의 뜻에 둘러싸여 이 사랑의 생각에서 저 사랑의 생각으로, 이 사랑의 행동에서 저 사랑의 행동으로 감히 대신할 수 없음을 느끼지 못하겠습니까.

사랑이 그러하듯이, 시간도 나누어지지 않으며, 일정한 속도로도 가지 않는 법입니다. 허나 그대들 생각으로 시간을 헤아려 계절을 나눠야 한다면, 계절 하나하나에 다른 모든 계절이 깃들도록 하십시오. 그래서 오늘이 과거를 기억으로 감싸 안도록, 미래를 갈망으로 감싸 안도록 하십시오."

22

선과 악에
대하여

이번에는 도시의 원로 중 한 명이
말했다.

"선와 악에 대하여 말씀해 주십시오."

그가 대답했다.

"나는 그대들 안에 있는 선은 말할 수 있으나 악
에 대해서는 말할 수 없습니다. 그 악이란 바로 스
스로의 굶주림과 목마름으로 괴로워하는 선이 아
니겠습니까. 진정 선이 굶주려 있다면 캄캄한 동
굴에서라도 먹을 것을 찾을 테고, 선이 목말라 있
다면 썩은 물일지언정 들이킬 것입니다.

그대들은 그대들 자신과 하나일 때 선합니다.
하나 그대들 자신과 하나이지 못한다 하더라도 그
대들이 악한 것은 결코 아닙니다. 갈라진 집은 그
저 틈이 벌어진 집일 뿐 도둑의 소굴이 아닙니다.

방향타 없는 배가 섬들 사이를 이리저리 위험하기
짝이 없게 표류한다고 해서 바다 밑으로 가라앉지
는 않습니다.

그대들은 스스로를 내주려 애쓸 때 드디어 선합
니다. 그러나 스스로의 이익을 탐한다고 해서 악
한 것은 아닙니다. 이익을 좇는 그대들은 다만 땅
에 달라붙어 그 젖가슴을 빨아먹는 뿌리에 불과하
기 때문입니다. 정녕 열매가 뿌리에게 이렇게 말
하지는 않을 것입니다.

'나를 닮아 탐스럽게 익을지니. 그리하여 넉넉
함을 내주는 이가 되어라.'

그대들은 활짝 깬 정신으로 말할 때 선합니다.
허나 그대들의 혀가 잠에 취해 목적 없이 비틀거
린다고 해서 악한 것은 아닙니다. 더듬거리는 말
이라도 약한 혀를 튼튼하게 할 수는 있습니다. 그
대들은 목적지를 향해 굳세고 당당한 발걸음으로
한발 또 한발 나아갈 때 선합니다. 허나 절뚝거리
며 느리게 걸어간다고 해서 악한 것은 아닙니다.

절뚝거리는 사람이라도 뒤로 가지는 않습니다.

허나 튼튼하고 재빠른 그대들이여, 생각해보십시오. 그대들은 절름발이 앞에서 절뚝거리지 않습니다. 그것을 친절로 여겨야 마땅합니다. 그대들은 무수한 면에서 선하지만, 선하지 않을 때라도 악한 것은 아닙니다.

다만 그대들은 빈둥거리는 게으름뱅이에 불과할 뿐입니다. 가엾게도 토끼가 거북이에게 빨리 가는 법을 가르치지는 못하는 법입니다. 선이란 위대한 자아를 갈망하는 마음에 있습니다. 또 그 갈망은 모두 그대들 안에 있습니다. 그대들 가운데 어떤 이에게 갈망은 바다로 힘껏 쏟아져 내리는 거센 물결이어서, 산비탈의 사연과 숲의 노래를 싣고 흘러갑니다.

또 어떤 이에게 갈망은 굽이쳐 구불구불 흐르는 약한 물줄기여서, 힘없이 흘러가다가 바닷가에 채 닿지도 못하고 머뭇거립니다. 허나 갈망이 큰 이는 갈망이 적은 이에게 '그대는 무엇 때문에 망설

이며 더디게 가는가?'라고 혹시라도 다그치지 마
십시오.

진실로 선한 이라면 헐벗은 이에게 '그대 옷은
어디 있는가?'라고 묻지 않을 것이며, 집이 없는
이에게 '그대 집에 무슨 안 좋은 일이 생겼는가?'
라고 묻지도 않습니다.'

23

기도에
대하여

이번에는 여사제가 말했다.

"기도에 대하여 말씀해주십시오."

그가 대답했다.

"그대들은 괴로워 힘들 때나 간절히 원할 때 기도합니다. 하나 기쁨으로 충만할 때나 풍요한 나날을 누릴 때에도 기도하십시오. 기도란 그대들의 자아를 생동하는 하늘 속에 날개를 활짝 펼치는 것이 아닙니까? 그대들은 어둠을 허공에 쏟아버리기 위해 위안의 기도를 올립니다. 그와 마찬가지로 가슴속 새벽빛을 쏟아내기 위해 기쁨의 기도를 올리십시오.

그대들이 영혼의 명으로 기도할 때 하염없이 우는 수밖에 없다면, 그 영혼은 그대들의 눈물을 쥐어 짜내고 또 짜내어 결국 그대들을 웃게 할 것입니다.

기도할 때 그대들은 공중으로 솟아올라 때마침 기도하고 있는 다른 사람들을 만날 것입니다. 기도가 아니라면 결코 만날 수 없는 사람들을 말입니다. 그러니 그대들이 보이지 않는 사원을 찾는다면, 황홀한 마음으로 달콤한 만남을 마음껏 누리십시오.

그대들이 그저 구하기 위해 사원에 들어간다면, 아무것도 얻을 수 없을 것입니다. 그대들이 스스로를 낮추기 위해 사원에 들어간다 할지라도, 일으켜 세움을 받지 못할 것입니다.

그대들이 다른 사람의 행복을 기도하기 위해 사원에 들어간다 할지라도, 그 기도는 어떤 답도 받지 못할 것입니다.

그대들이 보이지 않는 사원에 들어간 것만으로도 족한 것입니다. 나는 그대들에게 어떤 말로 어떻게 기도해야 하는지 가르쳐줄 수 없습니다. 신께서는 그대들의 입술로 말씀하실 뿐, 그대들의 말은 듣지 않으시기 때문입니다.

내가 그대들에게 숲과 산과 바다의 기도를 가르쳐줄 수도 없습니다. 허나 그대들은 숲과 산과 바다에서 태어났으니 이들의 기도를 가슴속에서 찾을 수 있을 것입니다.

또 그대들이 밤의 고요에 온전히 귀 기울이기만 한다면, 이들이 이렇게 가만히 속삭이는 소리를 들을 것입니다.

우리의 신이시여, 날개 달린 우리의 자아여. 우리 안에 돋아난 뜻은 곧 당신의 뜻입니다. 우리 안에 돋아난 소망은 곧 당신의 소망입니다.

우리 안에 숨 쉬는 당신의 욕망은 당신 것인 우리의 밤을, 역시 당신 것인 우리의 낮으로 바꾸어 놓습니다.

우리는 당신에게 아무것도 구할 수 없습니다. 당신은 우리 안에서 욕구가 생기기도 전에 이미 다 알고 계시기 때문입니다.

당신이 곧 우리가 채우려는 간절함의 충족입니

다. 당신 스스로 더욱 주심으로써 만물을 우리에
게 주셨습니다."

24

즐거움에
대하여

　　　　　　　　이번에는 해마다 한 번씩 도시를
찾는 은자가 나와 말했다.

　"즐거움에 대하여 말씀해주십시오."

　그가 대답했다.

　"즐거움은 자유의 노래이지만 자유는 아닙니다.
즐거움은 그대들의 소망이 꽃을 피운 것이지만 소
망이 맺은 열매는 아닙니다. 즐거움은 높은 산꼭
대기를 향해 외치는 깊은 골짜기이지만 높은 것도
깊은 것도 아닙니다. 즐거움은 날개가 있으나 갇
혀 있습니다. 하지만 사방이 막혀 있는 공간은 아
닙니다.

　그렇습니다. 즐거움은 진정 자유의 노래인 것
입니다. 그러니 나는 기꺼이 그대들이 온 마음으
로 그 노래를 불렀으면 합니다. 허나 노래를 부르

다가 그대들의 마음까지 잃지는 마십시오. 그대들 가운데 어떤 이는 즐거움이 전부인 것처럼 억척스럽게 추구하다가 비판을 받고 질책을 받습니다. 그러나 나는 이들을 비판하거나 질책하지 않으렵니다. 오히려 많은 즐거움을 추구하도록 이들을 더욱 격려하겠습니다.

이들이 즐거움을 찾더라도 즐거움 하나만을 얻지는 않을 것이기 때문입니다. 즐거움은 일곱 자매를 두었는데, 그중 가장 어린 자매도 즐거움보다는 아름답습니다. 정녕 그대들은 듣지 못했습니까. 뿌리를 캐다가 땅속에서 보물을 발견한 사람의 이야기를. 그대 노인들 가운데 어떤 이는 즐거움을, 술에 취해 저지르고 만 잘못처럼 후회로 되새깁니다.

허나 후회는 마음의 벌이 아니라 마음을 어둡게 할 뿐 이들은 즐거움을 여름날의 수확처럼 감사하는 마음으로 되새겨야 합니다. 그래도 후회가 이들에게 위안을 준다면, 이들은 그렇게 위안받아야겠지요. 그대들 중에는 즐거움을 좇을 만큼 젊지 않으나 즐거움을 되새길 만큼 늙지도 않은 이가 많습니다. 이들은 즐거움을 좇는 것이든 되새기는 것이든 모든 즐거움을 피합니다. 즐거움으로 인하여 영혼을 돌보지 않고 해치지는 않을까 두려운 마음에서입니다.

그러나 계속 피하더라도 결국은 즐거움과 맞닥뜨릴 수밖에 없습니다. 떨리는 손으로 뿌리를 캐다가 결국 보물을 잡고야 마는 것입니다. 그러니 말해보십시오. 영혼을 해칠 수 있는 자는 과연 누구입니까. 꾀꼬리가 밤의 고요를 해할 수 있겠습니까. 개똥벌레가 밤하늘 별들을 해할 수 있겠습니까. 그대들의 불꽃이, 그대들의 연기가 바람에게 짐이 될 수 있겠습니까.

생각해보십시오. 그대들은 영혼을 가느다란 지팡이 따위로도 어지럽힐 수 있는 한낱 고요한 연못으로 여깁니까. 때로 그대들은 스스로 즐거움을 거부하면서도 그대들 존재 한구석에 소망을 묻어

127

둡니다. 허나 그 누가 알겠습니까. 오늘 흘려버린 그것이 내일을 기약하고 있을지를. 그대들의 몸조 차도 자신이 물려받은 유산과 정당한 요구를 알고 있으니, 절대 속지 않을 것입니다. 그대들의 몸은 그대들 영혼의 하프입니다. 그 하프에서 감미로운 음악을 뽑아낼지, 혼탁한 소리를 낼지는 그대에 게 달려 있습니다.

그런데 지금 그대들은 마음속으로 이렇게 묻고 있습니다.

'즐거움 속에서 선한 것과 선하지 않은 것을 어 찌 구분해야 하는가.'

그대들의 들판과 정원에 가보십시오. 그러면 꽃에서 꿀을 모으는 것이 벌의 즐거움이며, 벌에게 꿀을 내주는 것 또한 꽃의 즐거움임을 깨달을 것입니다. 벌에게 꽃은 생명의 샘이며, 꽃에게 벌은 사랑의 전령이기 때문입니다. 그러니 벌에게나 꽃에게나 즐거움을 주고받는 것은 하나의 욕구이자 하나의 환희인 것입니다.

오팔리즈 시민들이여, 그대들도 꽃과 벌처럼 즐거움을 누리십시오."

25

아름다움에
대하여

이번에는 시인이 물었다.

"아름다움에 대한 아름다운 설명을 해주십시오."

그가 대답했다.

"그대들이 어느 곳에서 아름다움을 구하며, 어떠한 방법으로 아름다움을 찾겠습니까. 아름다움이 스스로 그대들의 갈 길이 되고 그대들의 안내자가 되어주지 않는다면, 아름다움이 그대들의 말을 엮어주지 않는다면, 그대들이 어떻게 아름다움에 대해 논할 수 있겠습니까.

마음에 상처를 받은 이나 몸이 허약해진 이가 말했습니다.

'아름다움은 친절하고 온화한 것이다. 마치 젊은 어머니처럼 자신이 누리는 영광에 얼굴을 살짝 붉히며 우리 사이를 거닐고 있다.'

열정적인 이가 말했습니다.

'아니다. 아름다움은 힘 있고 두려운 것이다. 마치 지진이나 폭풍처럼 우리 발밑의 땅과 우리 머리 위의 하늘을 어지럽게 뒤흔든다.'

지치고 피곤한 이가 말했습니다.

'아름다움은 부드러운 속삭임이자, 우리 영혼에게 말을 거는 것이다. 마치 희미한 빛이 그림자를 두려워하며 떨듯이, 그 목소리는 우리의 침묵에 몸을 내맡긴다.'

침착하지 못한 이가 말했습니다.

'우리는 아름다움이 산속에서 고함치는 소리를 들었다. 그와 함께 달리는 말발굽 소리와 날개가 펄럭이는 소리, 사자가 으르렁거리는 소리도 들려왔다.'

밤이면 도시를 지키는 파수꾼이 말했습니다.

'아름다움은 새벽빛과 함께 동쪽에서 떠오르는 것이다.'

낮이면 열심히 일하는 노동자와 떠도는 나그네

가 말했습니다.

'우리는 해질녘 서쪽 대지 위에 아름다움이 몸을 기대는 모습을 보았다.'

겨울이면 눈 속에 갇히는 이가 말했습니다.

'아름다움은 봄에 찾아와 저 언덕 위로 뛰어오르는 것이다.'

여름이면 뜨거운 볕 아래 수확하는 이가 말했습니다.

'우리는 아름다움이 가을 낙엽과 함께 춤추는 모습을 보았다. 그 머리카락 사이로 눈이 휘날리는 모습도.'

이 모두가 아름다움을 이야기한 것입니다. 허나 진정 그대들이 이야기한 것은 아름다움이 아니라 채우지 못한 욕구일 뿐입니다. 무릇 아름다움이란 욕구가 아니라 황홀한 기쁨 그 자체입니다. 그것은 목마른 입도, 앞으로 내민 빈손도 아닙니다. 오히려 불타는 가슴이자 마법에 걸린 영혼인 것입니다.

아름다움은 그대들이 보았던 영상도, 즐겨 듣던

노래도 아닙니다. 오히려 눈을 감아도 보이는 화려한 영상이자, 귀를 막아도 들리는 감미로운 노래인 것입니다. 아름다움은 주름진 두터운 나무껍질 안에 흐르는 수액도, 발톱에 달라붙은 날개도 아닙니다. 오히려 늘 화사한 꽃이 피어 있는 정원이자 늘 날고 있는 빛나는 천사의 무리인 것입니다.

오팔리즈 시민들이여, 아름다움이란 생명입니다. 즉 생명이 그 거룩한 얼굴에 드리운 장막을 걷어낸 본연의 모습입니다. 허나 동시에 그대들은 생명이자 장막이기도 합니다. 아름다움이란 거울 속 제 자신을 들여다보고 있는 영원입니다. 허나 그대들이이 영원이자 거울이기도 합니다."

26

종교에
대하여

이번에는 나이든 사제가 물었다.

"종교에 대하여 말씀해주십시오."

그가 대답했다.

"오늘 내가 말한 것이 종교가 아니고 무엇이겠습니까. 종교란 모든 행위이자 모든 생각이 아닙니까. 행동도 생각도 아니라면, 종교는 그대들의 손이 돌을 다듬거나 베틀을 만지는 순간에도 영혼에서 항상 솟아나는 경탄이자 놀라움이 아닙니까. 그 누가 행동과 믿음을 나누고, 직업과 신념을 나눌 수 있겠습니까? 그 누가 감히 제 시간을 눈앞에 펼쳐 놓고 이렇게 말할 수 있겠습니까.

'이 시간은 신의 것이며 이 시간은 나의 것. 이 시간은 내 영혼의 것이니 이 시간은 내 몸의 것이 아니겠는가.'

그대들의 시간이란 모두 허공을 가르며 이 자아에서 저 자아로 날아가는 날개일 뿐입니다. 자신의 양심에 보기 좋은 옷만 걸치려는 자는 차라리 벌거벗은 편이 더 나을 것입니다. 그렇다고 해서 바람이나 태양이 그의 살갗에 구멍을 내지는 않을 것이니, 자신의 행동에 윤리의 잣대를 들이대는 자는 노래하는 새를 새장에 가두는 것입니다.

무릇 자유로운 노래는 창살이나 철조망 사이로 흘러나오는 것이 아닙니다. 열리자마자 곧바로 닫히는 창문처럼 예배를 올리는 이는 영혼의 집을 아직 찾지 못한 사람입니다. 이 새벽에서 저 새벽까지 창이 이어지는 그 집 말입니다. 그대들의 일상이야말로 그대들의 사원이자 종교입니다. 그러니 그 속에 들어갈 때마다 그대들 전부를 가지고 들어가십시오. 쟁기, 풀무, 망치, 기타도, 필요에 의해 만든 것도, 기쁨을 얻기 위해 만든 것도, 아무리 상상을 하더라도 그대들은 자신이 이룬 결과보다 더 높이 오를 수도, 자신이 경험한 실패보다 더 낮은 곳으로 내려갈 수도 없기 때문입니다.

또 모든 이와 함께 가십시오. 아무리 찬미를 아끼지 않더라도 그대들은 이들의 희망보다 더 높이 날아오를 수도, 이들의 절망보다 스스로를 더 낮출 수도 없기 때문입니다. 그대들이 신에 대해 알고자 한다면, 수수께끼를 풀려고 하지 마십시오.

차라리 자신을 돌아보십시오. 그때야 비로소 그분이 그대 아이들과 함께 노는 모습을 볼 것입니다. 그리고 하늘을 바라보십시오. 그분이 구름 속을 거닐며 번개로 팔을 뻗은 후에 비와 함께 내려오시는 모습을 볼 것입니다. 그대들은 그분이 꽃속에서 미소 지으시다가, 높이 솟아올라 나무 사이에서 손을 흔드시는 모습을 볼 것입니다."

27

죽음에
대하여

이번에는 알미트라가 말했다.

"이제 죽음이 무엇인지 묻고자 합니다."

그가 대답했다.

"그대들은 죽음의 비밀을 끝끝내 알고 싶어 합니다. 허나 삶의 마음속에서 죽음을 구하지 않는다면 그 비밀을 어찌 찾을 수 있겠습니까? 밤 안에 갇혀 있는 올빼미는 낮에는 눈이 멀어 빛의 신비를 밝힐 수 없지 않습니까? 정녕 그대들이 죽음의 영혼을 볼 수 있다면, 삶의 몸을 향해서도 마음을 활짝 여십시오.

강과 바다가 하나인 것처럼 삶과 죽음 또한 하나이기 때문입니다. 그대들의 희망과 소망이 깊이 자리한 그곳에는 저 너머 세상에 대한 깨달음도 조용히 누워 있습니다. 그대들의 마음은 눈 속에서 꿈꾸는 씨앗처럼 봄을 꿈꿉니다. 그러니 꿈을 믿으십시오. 꿈속에 영원으로 가는 문이 숨어 있으니, 죽음에 대한 두려움이란 그저 양치기가 영광스러운 손길을 기다리며 왕 앞에 설 때의 떨림에 불과합니다. 양치기는 이미 왕의 은총을 입게 되었으니 떨리는 와중에도 어찌 기쁘지 않겠습니까? 그러니 떨리는 감각에 더더욱 신경이 쓰일 수밖에요.

죽는다는 것은 무엇입니까? 그저 바람 속에 벌거벗고 서 있는 것이자 태양 아래 몸을 녹이는 것일 뿐입니다. 숨이 멈춘다는 것은 무엇입니까? 그저 끊임없이 흐르는 물결에서 벗어나 숨이 자유로워지는 것이자 날아오르고 부풀어 올라 아무런 장애물 없이 신에게 가까이 다가가는 것일 뿐입니다.

그대들은 침묵의 강물을 마신 후에야 진정한 노래를 부를 것입니다. 산꼭대기에 이른 후에야 비로소 올라가기 시작할 것입니다. 그대들의 팔다리가 땅의 것이 된 후에야 진실로 춤추게 될 것입니다."

28

작별

이윽고 저녁이 되었다.

그러자 선지자 알미트라가 말했다.

"오늘 이 자리에 축복이 가득하기를, 지금껏 말씀하신 그대의 영혼에도 축복이 깃들기를 바랍니다."

그가 대답했다.

"내가 과연 말하는 자였습니까. 나 또한 여러분과 함께 듣는 자가 아니었나요."

그리고 그가 사원의 계단을 한발 한발 내려가자 모든 이가 그를 따랐다. 배에 당도한 그는 갑판 위에 올라섰다. 그러고는 다시 사람들을 향해 소리 높여 외쳤다.

"오팔리즈 시민들이여, 바람이 나더러 그대들을 떠나라고 재촉합니다. 나는 바람만큼 급할 것은 없으나 이제는 마땅히 가야만 합니다. 우리 나그네들은 늘 외로운 길을 찾아 떠나는 것이기에, 하루를 마친 곳에서 새날을 맞지 않습니다. 저녁 빛은 우리를 떠나보낸 곳에서 아침 빛을 받게 하지 않습니다. 땅이 잠들어 있을 때에도 우리는 길을 떠납니다. 우리는 생명력이 강한 씨앗이니, 우리 가슴이 무르익고 그윽해질 때면 바람에 몸을 맡겨 흩어질 것입니다.

내가 그대들과 보낸 나날은 짧았으며, 내가 한 말은 더더욱 짧았습니다. 허나 내 목소리가 그대들 귓가에서 희미해지고 내 사랑이 그대들 기억 속에서 사라지게 되면, 그때 나는 다시 올 것입니다. 그리고 더욱 넉넉한 가슴으로, 영혼을 가득 채워주는 입술로 말할 것입니다. 그렇고말고요. 나는 물결을 타고 반드시 돌아오겠습니다. 비록 죽음이 나를 지우고 거대한 침묵이 나를 감싸 조이더라도, 그대들을 다시 일깨우려 애쓰겠습니다. 그리고 그런 노력은 결코 헛되지 않을 것입니다.

내가 무엇을 말하든 그것이 진실이라면, 그 진실은 더욱 또렷하고 맑은 목소리로, 그대들 생각에 더욱 친밀하고 가까운 언어로 제 모습을 드러낼 것이기 때문입니다. 오팔리즈 시민들이여, 나는 바람과 함께 가지만 허공으로 흩어지는 것은 아닙니다. 혹여 오늘 그대들 욕구와 내 사랑이 다 채워지지 않더라도, 또 다른 날을 기약하도록 합시다. 인간의 욕구는 변하는 법이지만, 사랑과 깊은 소망은 변하지 않으니 사랑이 우리의 욕구를 채워줄 것입니다. 그러니 내가 저 깊은 침묵에서 돌아오리라는 것을 기억해두십시오.

안개는 새벽에 조용히 떠돌다가 들판에 이슬로 남을 뿐이지만, 결국 날아올라 구름이 되어 비로 내릴 것입니다. 나 또한 이 안개와 다름이 없습니다. 밤의 고요 속에서 나는 그대들의 거리를 거닐었고, 내 영혼은 그대들의 집을 찾았습니다. 그대들의 심장이 내 심장 속에서 뛰었고, 그대들의 숨결이 내 얼굴에 와닿았으니, 나는 그대들을 다 압니다. 아아, 나는 그대들의 기쁨과 고통을 알고 있으며, 그대들의 잠 속에서 그대들의 꿈은 곧 내 꿈이었습니다.

때로 나는 산속에 있는 호수처럼 그대들 속에 있었습니다. 그대들 속에 자리한 산꼭대기와 구부러진 산비탈을 비추었고, 떼 지어 지나가는 그대들의 생각과 소망까지 비추었습니다. 가만히 있으면 그대 아이들의 웃음소리가 다정히 시냇물처럼 밀려왔고 그대 젊은이들의 갈망이 세차게 강물처럼 밀려왔습니다. 그것들이 내 안 깊은 곳에 닿았을 때도 시냇물과 강물은 노래를 멈추지 않았습니다. 오히려 웃음소리보다 더욱 달콤한 것이, 열망보다 더욱 뜨거운 것이 나를 안았습니다. 그것은 그대들 안에 무한히 존재해 왔습니다.

거대한 인간인 그분 안에서 그대들은 한낱 세포이자 힘줄이며, 그분 안에서 그대들의 모든 노랫소리는 고요한 두근거림입니다. 그대들은 이 광활한 존재 안에서 무르익어 갑니다. 그러니 나는 그

148

분을 들여다봄으로써 그대들을 보고 또 사랑하게 되었습니다. 그렇지 않다면 이 광대한 영역에도 없는 사랑이 그렇게 멀리까지 가닿을 수 있겠습니까. 그 어떤 환상, 그 어떤 기대, 그 어떤 추측이 저 비행보다 높이 날아오를 수 있겠습니까. 사과 꽃에 뒤덮인 키 큰 참나무처럼 그대들 안에는 거대한 존재가 있습니다.

그의 힘이 그대들을 이 땅에 묶고, 그의 향기가 그대들을 우주로 들어 올립니다. 그의 질긴 생명력 속에서 그대들은 결코 죽지 않을 것입니다. 그대들은 그대들이 쇠사슬이라 하여도 약한 쇠사슬이며, 그중에서도 가장 연약한 고리라는 말을 들었을 것입니다. 허나 이것은 절반만이 진실합니다. 그대들은 강한 쇠사슬이기도 하며 그중에서도 가장 강건한 고리이기도 합니다. 하찮은 행위로 그대 자신을 재단하는 것은 덧없는 거품으로 바다의 힘을 헤아리는 것과 같습니다. 그대가 저지른 실패로 그대 자신을 판단하는 것은 쉬이 변한다고

149

계절을 헐뜯는 것이나 마찬가지입니다. 그렇습니다. 그대들은 드넓은 바다와 같습니다.

무거운 짐을 가득 실은 배가 바닷가에서 물때를 기다릴지라도, 그대들이 바다처럼 물때를 서두를 수는 없습니다. 그대들은 계절과도 같습니다. 그대들이 겨울 안에서 봄을 밀어낼지라도, 봄은 그대들 속에 누워 나른히 미소 지으며 화내지도 않을 것입니다. 허나 내가 이 말을 했다고 해서, 그대들이 서로 '그분께서는 우리를 칭찬해주시며, 우리의 좋은 면만 보신다.'라는 말을 해도 좋다 생각하지는 마십시오. 그저 나는 그대들 스스로가 생각으로 아는 바를 말로 한 것뿐이니까요. 말로 아는 지식이란 말 없는 지식의 그림자에 불과한 것이 아닙니까.

그대들 생각과 내 말은 봉인된 기억에서 물결치는 파도입니다. 그 기억에는 우리 지난날이 기록되어 있습니다. 이 땅이 우리뿐만 아니라 스스로를 몰랐던 옛날도, 땅이 혼돈으로 어지러웠던 시절의 밤도 기록되어 있습니다. 현명한 이라면 그대들에게 지혜를 나누어주기 위해 왔겠지만, 나는 그대들의 지혜를 빼앗으려 왔습니다. 그런데 보십시오. 내가 더 큰 것을 찾지 않았습니까. 그것은 그대들 안에서 점점 모여 불타오르는 영혼의 불꽃입니다.

허나 그대들은 그 불꽃을 활활 지피는 것에는 전혀 관심이 없고 그대들의 나날이 시들어가는 것만을 매우 슬퍼하고 있습니다. 이는 생명이 무덤을 두려워하는 몸속에 갇혀 생명을 찾아다니는 것이나 마찬가지입니다. 허나 여기에 무덤은 없습니다. 이 산맥과 초원은 요람이자 디딤돌일 뿐입니다. 그대 조상들이 누워 있는 들판을 지날 때마다, 그대들은 스스로의 모습을 볼 것이며 그대 아이들이 손잡고 춤추는 모습을 볼 것입니다. 정녕 그대들은 알지 못하면서도 기뻐할 때가 많습니다. 다른 이라면, 그대들에게 찾아와 부와 힘, 영광만을 주겠다고 황금빛 약속을 했을 것입니다.

내가 그보다 보잘것없는 약속을 주었음에도 불

구하고, 그대들은 내게 더 큰 넉넉함을 베풀었습니다. 그대들이 내게 준 것은 생명에 대한 깊은 목마름이었습니다. 진정 인간에게 이보다 더 큰 선물은 없습니다. 이처럼 모든 목적을 타오르는 입술로, 모든 생명을 솟아오르는 샘으로 뒤바꾸는 것보다 더 값진 선물은 없으니 말입니다. 그 속에 내 영광과 보상이 존재합니다. 내가 목을 축이러 샘을 찾을 때마다 살아 있는 샘물 자체가 목마름이 됩니다. 그러니 내가 샘물을 마시면 샘물도 나를 마셔버리더이다.

그대들 가운데 어떤 이는 내가 오만하거나 지나치게 수줍어 선물을 아니 받는다고 생각합니다. 허나 내가 일한 대가를 받을 때 자존심을 내세울지는 몰라도 선물을 받을 때는 그렇지 않습니다. 참으로 내가 그대들의 식탁에 초대받았을 때 산에서 산딸기를 따 먹었고, 그대들이 잠자리를 내어준다 했을 때 사원 문간에서 잠들기는 했습니다. 그래도 내낮과 밤을 생각해주는 그대들의 다정한 배려가 없

었다면, 내 어찌 달콤한 음식을 입으로 맛보고 상상
속에서 단잠을 청할 수 있었겠습니까.

그러니 나는 그대들을 한없이 축복합니다. 그대
들은 많은 것을 베풀었으나 그대들이 무엇을 베풀
었는지 전혀 모릅니다. 진실로 거울 속 제 모습만
들여다보는 친절은 돌이 되어버릴 것이며, 자신의
이름을 드높이기 위한 선행은 저주를 낳는 부모가
될 것입니다. 그대들 가운데 어떤 이는 나를 초연
한 사람이라 부릅니다. 또한 내가 나만의 고독에
취해 있다 하며 이렇게 말합니다.

'그는 숲속 나무와는 어울려도 인간들과는 어울
리지 않아. 그저 산꼭대기에 홀로 앉아 우리 도시를
내려다볼 뿐이지.'

참으로 나는 산을 올랐고 먼 곳을 돌아다녔습니
다. 허나 내가 높은 곳에 오르지 않거나 먼 거리를
다니지 않았다면 그대들을 어찌 볼 수 있었겠습니
까. 사람이 멀리 서보지도 않고 어찌 진정 가까워질
수 있겠습니까. 그런데도 그대들 가운데 어떤 이는

아무 말 없이 나를 찾아와서는 말합니다.

'낯선 분이시여, 낯선 분이시여, 닿을 수 없는 곳을 사랑하시는 분이시여, 어찌하여 그대는 독수리가 둥지를 트는 산꼭대기에서 살고 계십니까. 어찌하여 이룰 수 없는 것을 찾으십니까. 그 어떤 폭풍을 그대의 그물 안에 가두려 하며, 그 어떤 덧없는 새를 하늘에서 잡으려 합니까. 이리 와서 우리와 함께 살아갑시다. 내려가서 그대의 배고픔을 우리의 빵으로 채우고 그대의 목마름을 우리의 포도주로 달랩시다.'

이들은 영혼의 고독으로 인해 이런 말을 합니다. 허나 그 고독이 더욱 깊어진다면 이들은 알게 될 것입니다. 나는 그대들의 기쁨과 고통의 비밀을 좇고 있었을 뿐이며, 하늘을 거니는 그대들의 더 큰 자아를 사냥하고 있었을 뿐임을.

허나 사냥꾼은 사냥을 당하는 자이기도 하니, 내 활을 떠난 무수한 화살이 내 가슴을 좇아왔습니다. 날아가는 자는 기어가는 자이기도 하니, 내가 태양 아래 두 날개를 펼쳤을 때 땅에 비친 그 그림자는 거북의 모습이었습니다.

믿는 자는 의심하는 자이기도 하니, 나는 그대들에게 보다 큰 믿음을 심어주고 보다 큰 지식을 얻기 위해 내 상처에 스스로 손가락을 넣어야 할 때가 많았습니다. 이렇게 얻은 믿음과 지식으로 내 말하노니, 그대들은 그대들 몸 안에 갇힌 것도, 집이나 들판에 갇힌 것도 아닙니다. 바로 그대들이라는 존재는 산 위에 살며 바람 따라 방랑하는 것입니다. 그것은 따뜻함을 찾아 햇볕 속으로 기어들지도, 안전함을 찾아 어두운 구멍을 파지도 않습니다. 자유로운 존재이자 땅을 감싸고 하늘을 누비는 영혼인 것입니다.

이런 말이 모호하게 다가올지라도 그 뜻을 또렷하게 밝히려고 애쓰지는 마십시오. 만물의 시작은 모호하고 흐릿한 것이나, 그 끝 또한 그런 것은 아닙니다. 그러니 그대들이 나를 시작으로 기억해주기를 바랍니다. 생명 그리고 살아 있는 모든 것이

란 딱딱한 결정체가 아니라 안개 속에서 태어나는
것입니다. 허나 결정체도 희미해져가는 안개에 불
과할 수 있음을 그 누가 알겠습니까.

그대들이 나를 추억하며 이것만은 기억하기를
바랍니다. 그대들 안에서 가장 연약하고 갈팡질팡
하는 것은 사실 가장 튼튼하고 굳센 존재임을 말
입니다. 그대들의 뼈대를 일으켜 세우고 단단하게
하는 것은 그대들의 숨결이 아니겠습니까. 또 그
대들의 도시를 세우고 그 안에 모든 건물을 짓는
것은 그대들 가운데 그 누구도 기억하지 못하는
꿈이 아닙니까. 그대들이 드나드는 숨결을 볼 수
만 있다면 다른 모든 것은 보지 않을 것이며, 꿈의
속삭임을 들을 수 있다면 다른 소리는 듣지 않을
것입니다.

허나 그대들은 보지도, 듣지도 못할 것입니다.
또 그것은 당연합니다. 그대들의 눈을 가린 장막
은 장막을 짠 손이 거두어야 할 것이며, 그대들의
귀를 막은 흙은 그 흙을 반죽한 손가락이 뚫어야

할 것입니다. 그러면 그제야 그대들은 보고 듣게
될 것입니다.

　그러나 그대들은 눈이 멀었다는 것을 슬퍼하지
도, 귀가 멀었다는 것을 슬퍼하지 않겠지요. 허나
만물의 숨은 목적을 깨닫는 그날이 오면, 그대들
은 빛을 축복하듯 어둠도 축복할 것입니다."

　이 말을 한 후에 그는 주위를 둘러보았다. 그가
탈 배의 선장이 방향타 옆에 서서 가득 부푼 돛을
보다가 저 먼 곳을 바라보는 모습이 눈에 들어왔
다. 그래서 그가 말했다.

　"배의 선장이여, 참고 또 참았구려. 바람은 불
고 돛은 쉴 새 없이 펄럭입니다. 방향타도 명령을
기다리고 있습니다. 그런데도 선장은 내가 침묵하
기를 묵묵히 기다리고 있었습니다. 드넓은 바다의
합창을 들은 선원들도 내 말을 끈기 있게 듣고 있
었습니다.

이제 이들도 더 이상 기다리지 못하리니. 이제 나
도 준비가 되었습니다. 강물이 바다에 이르렀으니,
위대한 어머니는 아들을 품 안에 다시 한 번 안을
것입니다. 잘 계시오, 오팔리즈 시민들이여. 작별의
날이 지나갔습니다. 마치 수련이 내일을 위해 지듯
이 오늘은 우리를 위해 저물었습니다. 우리는 여기
에서 우리에게 주어진 것을 간직할 것입니다.

　　그것이 충분하지 않다면, 우리는 다시 모여 주
시는 이에게 함께 두 손을 내밀어야 할 것입니다.
잊지 마십시오. 나는 다시 돌아올 것입니다. 잠시
만 있으면 내 갈망이 티끌과 거품으로 쌓여 또 다
른 몸을 이룰 것입니다. 잠시만 있으면 바람결에
한숨을 돌리다가 또 다른 여인이 나를 낳을 것입
니다. 그대들이여, 안녕히. 내 그대들과 보냈던 젊
음도 안녕히. 우리가 꿈속에서 만났던 것도 다 어
제의 일입니다. 내가 홀로 있을 때 그대들이 노래
를 불러주었고, 그대들의 갈망으로 나는 하늘에
탑 하나를 세웠습니다.

허나 이제 우리의 잠은 달아났고 우리의 꿈은 흩어졌으니, 더 이상의 새벽은 없습니다. 한낮이 다가와 우리의 희미한 정신을 활짝 깨웠으니, 이제 우리는 헤어져야 합니다. 혹여 기억의 어스름 속에서 우리가 다시 한 번 만날 수 있다면, 우리 다시 함께 이야기를 나누고 그대들은 나에게 보다 그윽한 노래를 불러야 할 것입니다.

　　혹여 우리의 손이 또 다른 꿈속에서 맞닿는다면, 우리는 하늘에 또 다른 탑을 세워야 할 것입니다."

　　그는 이런 말을 하면서 뱃사람들에게 신호를 보냈다. 그들이 즉시 닻을 올리고 매어둔 밧줄을 풀자 배는 동쪽으로 나아가기 시작했다. 그때 울음 소리가 한 사람의 가슴에서 나오듯이 사람들 사이에서 터져 나왔다. 땅거미에서 떠오른 그 소리는 거대한 나팔 소리처럼 바다 위로 울려 퍼졌다. 다만 알미트라만이 그 자리에 서서 배가 안개 속으로 사라질 때까지 지켜보고 있었다. 사람들이 모두 흩어진 후에도 그녀는 홀로 방파제 위에 서서 그의 말을 가슴속에 되새기고 있었다.

"잠시만 있으면 바람결에 한숨을 돌리다가 또 다른 여인이 나를 낳을 것입니다."

작품 해설

    칼릴 지브란은 네 살 무렵, 종이를 땅에 묻고 싹이 올라오기를 기다렸다고 한다. 그의 어린 시절 단편적인 일화를 보더라도, 사물을 대하는 따뜻한 시선과 풍부한 예술적 감성을 깨달을 수 있다. 그는 경제적으로 넉넉한 어린 시절을 보내지는 못했다. 고향 베샤르의 산과 숲에서 유유자적 뛰어놀며 석탄 부스러기 같은 것으로 그림을 그렸다. 칼릴 지브란은 자연스레 주어진 것으로부터 오는 평화로움에 감사할 줄 아는 아이였다. 그의 이러한 마음가짐이 훗날 『예언자』라는 따뜻한 작품을 남길 수 있었던 원동력이었다.

    그는 고향의 풍경과 분위기를 좋아했지만, 아

버지의 감옥살이로 인해 내쫓기듯 고향을 떠나야
만 했다. 그 때문에 그에게 어린 시절 뛰놀던 풍경
은 언제나 그리움과 동경의 대상이었고, 늘 가슴
안에 유년의 평화로움에 대한 상실감을 지닌 채로
살아갈 수밖에 없었던 것이다. 그는 미국으로 떠
났지만 그곳의 문화에 제대로 융화되지 못했고 정
서와 자아가 발달하는 시기에 느꼈던 자아의 갈등
은 고스란히 자신의 작품 세계로 스며들었다.

칼릴 지브란의 작품은 감히 어떤 장르를 규정하
기 힘든 애매함이 있다. 철학, 시, 소설 어떤 장르
에도 완벽히 들어맞지 않는다. 허나 그 애매함으
로 인해 기존의 닫혀 있던 문학적 세계관을 과감
히 탈피하여 틀에 갇혀 있지 않은 작품을 만들어
내는 힘을 지니게 되었다고 볼 수 있다. 특히 『예
언자』에서는 삶에 대한 그의 태도가 여실히 드러
나는 것을 확인할 수 있다. 칼릴 지브란은 그의 작
품 『예언자』에 대해 "나는 이 작품을 위하여 평생
을 보냈다."라고 말할 정도로 강한 애정을 표현했

다. 길이는 짧지만 오랜 기간 공을 들인 끝에 비로
소 이 작품을 완성해낸 것이다.

그의 작품 활동에서 궁극적으로 추구하던 목표
는 '길'을 제시하는 안내자 역할을 수행하는 것이
었다. 기본적으로는 종교적인 태도의 문체로 기술
되어 있지만 『예언자』는 어떤 하나의 종교에 국한
되어 해석되지 않는다. 그는 성장하면서 기독교와
이슬람의 갈등을 가까이에서 경험했다. 그 때문에
그가 전하고자 하는 영적 메시지는 어떤 종교의
위대함이나 권위를 뜻하지 않고 조금 더 포괄적인
의미에서 인간과 자연을 사랑하고자 하는 뜻을 담
고 있다.

자연과 신의 동일시는 이슬람의 수피교를 떠올
리게 하며, 삶과 죽음의 연속성을 강조하는 부분
에서는 불가의 윤회사상이 느껴지기도 한다. 또한
모세의 십계명처럼 신의 목소리를 대변해주는 전
달자가 등장한다는 점에서는 기독교적인 맥락을

느낄 수도 있다. 이렇듯 『예언자』는 그가 자라면서 느꼈던 종교적인 갈등과 망설임을 새로이 해석하여 융합시킨 작품으로 치우쳐 있지 않고 국한되어 있지 않으며 닫혀 있지 않은 인류애적 사랑을 추구하고 있다.

그러면서도 이 작품 속에서 강조하고 있는 것은 '내 안에 깃든 참된 불꽃'이다. 외부의 것이 아닌 내면의 목소리에 귀를 기울이는 것이 행복과 평화에 다가서는 일임을 전달하고자 애쓰고 있는 셈이다. 놀라운 것은 칼릴 지브란이 1923년에 완성한 작품 『예언자』에서 등장하는 표현들과 격언들이 오늘날 현대에서도 크게 다를 바 없이 적용될 수 있다는 것이다. 시간과 공간에 구애받지 않고 인간의 본질적인 바람을 꿰뚫어본 작가의 통찰력과 세심한 관찰력을 확인할 수도 있다.

시간이 흘렀지만 인간이 살아가는 방식은 크게 변화하지 않았고 물질을 추구하다 내면의 평화를 잃어버리는 반복된 매너리즘 또한 크게 바뀌지 않

았다. 이 작품이 위대한 고전인 이유가 바로 그곳에
있는 것이다. 『예언자』는 끊임없이 반복되는 내면의
갈등을 치유해주는 아주 오래된 위로인 셈이다.

칼릴 지브란의 작품 세계는 사랑, 결혼, 교육, 생
활, 법, 자유, 이성, 고통, 자아, 즐거움, 언어, 선과
악, 아름다움, 즐거움, 종교와 죽음에 이르기까지
인간이 살아가면서 마주할 수밖에 없는 본질적인
물음들을 다루고 있다. 그러나 『예언자』가 그 물음
들에 대한 모든 해답이 되지는 않는다. 그저, 하나
의 길을 제시해주고 있을 뿐이다. 그리고 그 길을
걸으며 내면의 물음에 대해 독자 스스로가 더 깊
이 다가설 수 있을 때, 진정 나를 구원해줄 예언자
는 자기 자신 안에 존재하고 있음을 느낄 수 있는
것이다.

우리는 이 작품을 읽으면서 방황하는 마음을 다
독여주는 사려 깊은 문장의 온기, 칼릴 지브란이
유년에 심어두었던 종이는 내 가슴 안에서 수수한
모습으로 맑게 피어나고 있음을 깨닫게 된다. 이

책은 배가 오는 것을 알리며 시작된다. 아마도 그것은 당신의 순탄한 항해 위해 따뜻한 바람이 되어주고 싶었던 작가의 작은 뜻은 아니었을까. 어둠을 밝힐 빛은 자기 자신 안에 있고, 당신의 항해를 응원하는 용기는 이 작품 안에 있다. 『예언자』는 가슴 안에 오래도록 울려 퍼지는 따스한 진리의 메아리와 같다.

작가 연보

1883년 1월 6일 레바논 베샤르에서 아버지 카릴
       사드 지브란과 어머니 카믈레 라흐마 사이
       에서 태어남.
1895년 아버지가 세금과 관련한 문제로 감옥에 가
       게 되어 12세의 나이로 가족과 함께 미국
       으로 이민을 가게 됨.
1898년 15세가 되어 다시 고향 레바논으로 돌아
       온 칼릴 지브란은 학업을 계속하였고 사제
       스 대학에 입학하여 아랍 문학에 대해 공
       부하게 됨.
1902년 레바논에서 학업을 마친 지브란은 미국으로
       돌아가던 중, 누이동생 술타나의 사망 소식

을 접하고, 이듬해에는 형 부트로스와 어머니의 사망 소식도 연달아 접함. 가족들의 연이은 죽음으로 깊은 상실감에 빠진 칼릴 지브란은 미국에서 그림을 그리는 일에 몰두하게 됨.

1904년 첫 전시회를 가졌다. 그리고 이 전시회를 계기로 자신의 후원자이자 연인인 메리 해스켈을 만남.

1908년 메리 해스켈의 도움으로 파리에서 2년간 그림 유학을 했고 아랍어로 쓰인 『반항하는 영혼』이란 작품을 출간함.

1910년 27세의 나이로 미국으로 돌아온 칼릴 지브란은 그림을 그리고 글을 쓰는 창작 활동에 몰두함.

1912년 아랍어로 쓴 단편 『부러진 날개』를 출간함.

1914년 뉴욕 몽트로스 갤러리에서 전시회를 엶. 이 전시로 칼릴 지브란은 열렬한 반응과 동시에 거친 혹평도 얻음. 이후에도 뉴욕

과 보스턴에서 두 번의 전시회를 엶.

1917년 뉴욕 노들러 갤러리에서 열린 전회시에서 대중들은 물론 평론가들에게도 화가로서 인정받음.

1918년 영어로 쓴 첫 번째 작품인 『광인』을 출간함.

1919년 아랍어로 쓰인 책 『행열』을 출간함. 같은 해 화집 『스무 점의 그림』도 출간함.

1920년 신문에 기재했던 단편들을 모은 작품집 『폭풍우』를 출간함. 같은 해 두 번째 영어로 기술된 책 『선구자』를 출간함.

1921년 아랍어로 쓰인 마지막 작품 『높은 기둥의 도시, 이람』을 출간함. 이때 칼릴 지브란의 나이는 38세였음.

1923년 40세의 나이로 『예언자』를 출간함. 이 책은 1957년 미국에서 100만 부가 판매되었으며 1965년에는 250만 부, 1998년에는 900만 부가 팔림.

1926년 영어로 쓴 잠언집 『모래와 거품』을 출간함.

1928년 『사람의 아들 예수』를 출간함.

1931년 4월 10일 결핵과 간경화 증세가 악화되면
서 48세의 나이로 숨을 거둠. 보스턴에서
장례식을 치루고 그의 시신은 고향 레바논
으로 돌아가 마르 사르키스 수도원 동굴에
안장됨.

1932년 그의 죽음 1년 뒤에 유작 『방랑자』가 출간됨.